当代杂文名家书系

穿越思维的篱笆

林永芳 著

群众出版社

·北京·

图书在版编目（CIP）数据

穿越思维的篱笆 / 林永芳著. -- 北京：群众出版社，2015.10
（当代杂文名家书系）
ISBN 978-7-5014-5426-6
Ⅰ. ①穿… Ⅱ. ①林… Ⅲ. ①杂文集－中国－当代 Ⅳ. ①I267.1
中国版本图书馆CIP数据核字（2015）第243848号

当代杂文名家书系

穿越思维的篱笆

林永芳　著

出版发行：群众出版社
地　　址：北京市西城区木樨地南里
邮政编码：100038
经　　销：新华书店
印　　刷：北京普瑞德印刷厂

版　　次：2015年11月第1版
印　　次：2015年11月第1次
印　　张：9
开　　本：880毫米×1230毫米 1/32
字　　数：196千字

书　　号：ISBN 978-7-5014-5426-6
定　　价：33.00元

网　　址：www.qzcbs.com
电子邮箱：qzcbs@sohu.com

营销中心电话：010-83903254
读者服务部电话（门市）：010-83903257
警官读者俱乐部电话（网购、邮购）：010-83903253
公安综合分社电话：010-83901870

思想不灭　杂文不死　希望常在

（总 序）

朱铁志

《求是》杂志副总编

在群众出版社出版的“当代杂文名家书系”中，八位同行的作品名列其中。老友阮直兄嘱我写一点感想作为总序，犹豫再三，还是从命了。之所以犹豫，一是因为近年来工作繁忙，对杂文创作的整体情况缺乏应有的调查研究，所知有限，没有多少发言权；二是对于八位作者的了解不均衡，有的熟悉一些，有的不那么熟悉，缺乏知人论世的先决条件；三是对自己的判断能力越来越不自信：真理的相对性和判断的绝对性是一对矛盾，私心以为一孔之见的东西，别人看来可能一文不值，所以聪明人通常是谨慎而沉默的。好在我并不聪明，又兼八位作者的作品摆在那里，“鸡蛋”的味道如何，自可仔细品评，未必非要拜见“母鸡”。借用国庆长假，清茶一杯，拜读佳作，也不失为一桩美事。何况我之所以斗胆作序并不是自认有资格，而是因为崇尚独立人格、独立思考、独特表达，是因为推崇自由之精神、独立之思想。在八位作者身上，我不同程度地发现了这种“三独”气质，看到了流淌在他们文字间的杂文精神，禁不住引为同道。尽管并不完全赞同他们的所有观点，但这似乎不至于成为我们彼此疏远的原因。君子和而不同，本是同志之道；杂文作者之间，更应具有求同存异的雅量、欣赏“异已”的胸怀。

有人说网络时代是杂文式微的时代，也有人说杂文已死，杂文家已亡，蕴含其间的悲愤与无奈不难体会。这样的说法，一方面道出了事实真相，即传统的、主要活跃于报纸副刊的杂文确实呈现出衰微的景象，与报刊发行量、广告量双双走低的整体趋势高度契合。另一方面，互联网特别是移动客户端的迅猛发展，从技术层面为人们的自由表达预留了巨大空间、创造了极大可能。一批思想深邃、材料丰富、文笔犀利的网络杂文异军突起，大有取代传统报刊杂文的态势，让习惯了在报刊园地挥洒的传统杂文家一时不知如何掌握文章分寸，妥善把持杂文的“度”，变得像个“足将进而趑趄，口将言而嗫嚅”的“小脚女人”。从这个意义上说，杂文似乎确已式微、杂文家确乎半死不活了。

然而，这不过是事物的表象而已。如果把目光从报刊“花边文学”中稍稍移开一点，放眼“海量信息、实时更新、双向互动”的网络空间，就不得不承认，杂文非但没有死，反而以更加健朗的姿态、更加犀利的锋芒、更加多变的样式在更广阔的空间复活了。如果说传统杂文属于“小众写作”，门槛相对较高，那么如今的网络写作则是典型的“众声沸腾”、“百花齐放、百家争鸣”。人民群众的知情权、表达权、监督权从未像今天这样得以充分体现。一个有出息、有抱负的杂文家，不必和“评论”争短长，无须抱怨网络抢了饭碗，应该从传统报纸副刊的小天地里杀将出来，努力使自己成为评论写作、杂文创作、网络耕作的“三栖动物”，竭尽全力干好自己手中的活计就是了。本丛书的八位作者身份不同、年龄各异，既有我的前辈，也有我的同代人，更有风华正茂的七零后、八零后。他们没有止步于传统报刊，而是潇洒游走于实体报刊和虚拟空间两大地带，成为广受关注的杂文作者。

赵相如老师早年供职于《人民日报》，如今主持《华商汇》及其副刊的笔政，无论从事意识形态色彩很重的党报工作，还是主办民间刊物，都兢兢业业、一丝不苟，干得风生水起、异彩纷呈。作为杂文界的前辈，赵老师不仅几十年笔耕不辍、佳作迭出，而且在自己主持的园地里团结培养了一大批优秀作者，使《华商汇》成为一块全国为数不多的杂文热土。丰富的阅历、渊博的学识、勤奋的笔耕，使他的杂文干净清爽、老辣纯熟、绵里藏针，具有娓娓道来、从容不迫的美学气质。赵老师的杂文，极少有华美的词句、华丽的铺排，更没有华而不实的装腔作势。他的言说，倒像是阅尽世事沧桑的智者与后生秉烛夜谈，说的都是家常话，道的却是人间至真的情与理。

郭兴文先生长我几岁，属于同代人。但在我心目中，他早已是闻名遐迩、功成名就的大家了。郭兴文先生生长于人文传统深厚的陕西，大学时专攻文史，毕业后长期供职于《西安日报》，写新闻、办副刊、搞研究，样样涉猎，均有所成，著述颇丰，曾获韬奋新闻奖等百余奖项。深厚的文史功底使他的杂文具有浓郁的书卷气，他常将笔触伸向时间深处，在泛黄的书卷中寻找古为今用的资源，自如游走于古今之间，见人所未见，发人所未发。

我与阮直兄相识多年，时有沟通，是无话不说的老朋友。文人间的友谊少不了以文相识、以文相交、以文相敬。除了思想观点、审美趣味的契合，更兼声气相投、性格暗合。阮直兄，原名刘永平，从内蒙古到广西北海，一路南下，不仅将大嗓门喊到了南方，也把杂文之火烧到了那里。说到他的杂文创作，不能不提他对整个杂文文坛的贡献。他所主持的《北海日报》《北海晚报》是编发杂文颇多的地方报纸。熟悉如今杂文创作生态的朋友不难明白，这是多么不易。不仅如此，他还常常向各省市报刊毫无保留地推荐作者，许多知名和不知名的作者经他推荐走了上杂文创作的道路。他的古道热肠，是被朋友广为称道的。阮直的杂文创作带有鲜明的文学色彩，他始终把杂文作为文学的一个分支来经营，不屑于平铺直叙的所谓“直抒胸臆”。他的创作善于从细节出发，透过具象的观察得出宏大的结论，善于将理性的思考投注到感性形象的描摹之中。他创作的最大特点是幽默机智。机智来源于博学基础上的顿悟，而幽默不仅有先天性格的优势，更是一种智力的优越，这就难怪他的杂文常有一些奇妙的构思让人拍案叫绝。

熟悉赵青云的名字，始于赵相如老师主编的《华商汇》。因为常在其中的“社情杂思”栏目中碰面，由知其文而知其人，逐渐成了朋友。在我看来，青云近乎全才：头顶复旦大学哲学博士学位，担任宁波海事局的主要领导，能文擅画，又有一手专业水准的篆刻技术。更为难得的是，他并不恃才傲物，为人极其谦和朴实，不失文人本色。他的杂文多从现实中来，重实际、接地气，具有浓郁的生活气息。在朴素的文字背后，常有奇思妙想；在平和的表达之下，蕴藏尖锐的批评。

本套丛书的一大特色是八位作者中有四位女将。这里单独强调杂文作者的性别，绝无性别歧视的意味，而是因为杂文这种特殊的文体似乎男性更加青睐，与男人性格更加契合。虽然这并非绝对真理，但证诸以往的杂文创作，却是不争的事实。以我十分有限的阅读经历，发现活跃或曾经活跃在当代文坛的杂文女作者实在有限，二十一世纪以来活跃的杂文女作者似乎更少。

多年前认识孔曦，有过两面之缘，也读过她的一些作品，算是老朋友了。孔曦的经历比较丰富，工学出身，做过技术员，当过刑事技术讲师，后从事报纸编辑工作，已有多部杂文随笔集出版。读女作者的作品，往往不自觉地有“女性写作”的先入观念作祟。然而我看了孔曦近期的创作以后，却吃惊地发现她现在的创作充满了男性作者也未必具有的阳刚之气。其思想之刚健、行文之果决、论断之坚硬，都让我对这位上海女人另眼相看。

至于高伟，说来有趣，我是通过她行走天下的儿子认识她的。那个大三男孩独步青藏高原，不仅用自己的脚步丈量天有多高、地有多阔、人能走多远，而且洋洋洒洒写下了几十万字的游记，这在如今的独生子女当中实在不多见。我很好奇，这么好的孩子背后一定站着一位了不起的妈妈吧？是的，高伟便是。高伟系作家、诗人出身，博览群书带来的通达灵动，加上小说家细致入微的刻画描写，使她的杂文随笔带有一种作家气质。透过她文中涉猎的阅读范围，我也明白了她教子有方的内在秘密。高伟的杂文最为可贵的一点是她在针砭时弊的同时，常常毫不留情地解剖自己。女性的直觉一旦上升到哲学的高度，就很可能产生一种令人悚然而惊的力量和震撼。这个“一生只向真理低头”的快乐女子，善于把打击自己的力量当作自己的力量，因而具有双倍的力量。

马亚丽的名字并不陌生，从《杂文四重奏》中就已知道。作为东北老乡，我对马亚丽有一种天然的亲近感。她曾经做过环卫工人、绿化工人的经历，尤其让我肃然起敬。有人说杂文的门槛比较低，似乎谁都可以写，我完全不认同这样的说法。对于蹩脚的创作而言，小说、诗歌、散文，甚至所谓学术论文的门槛都不高，谁都可以操持，但结果却有天壤之别。流在血管中的是血，流在下水道里的只能是污水。马亚丽用自己的勤奋和才华，不仅改变了自身的命运，而且将作品刊发于全国各大媒体。她的创作徜徉于古今之间，善于从时间深处钩沉掌故，挥洒哲思。有人说她是“女子文学”中一枝挺立的奇葩，有侠骨剑气之勇、翠竹红梅之美、凌霜傲雪之姿。其文风俏皮流丽、峻拔犀利，融说理、言事、抒情于一炉，于荒唐中见真情，于幽默中寓深意。

林永芳的存在是我孤陋寡闻最有力的证据。在八位作者当中，林永芳或许是最具学者气质的一位。这不仅是因为她在先后从事科技工作、理论工作和行政工作之余始终坚持有效阅读，更是因为她的独立姿态、她的桀骜不驯、她的旁征博引、她的表面平和冲淡实则锋芒毕露的文字。林永芳的杂文有思想、有文采、有锋芒、有力度。但当她面对网络时代众声沸腾的局面时，却谦虚地说自己“不会再有‘文章济世’的天真幻想了。只不过，既然上天赐我尘世一游，既然观察未停止、思考未停止，既然偶有所思所感，不忍就这样任其散佚湮灭。相信独立思考的东西，总不会毫无参考价值。‘思想超市’里的产品丰富一分，总胜过单调一点。倘能给他人以那么一星半点的共鸣和启迪，也就不算白写了”。这样的说法，或许无意间道出了如今很多杂文家的写作宗旨，具有相当的普遍性。

是的，文章未必是“经国之大业、不朽之盛事”，也肯定没有“一言兴邦，一言丧邦”的威力，但自由思想、自由表达，永远是创造的前提。这就是杂文无论怎样卑微，依然有其独立存在价值的原因所在。

2015年10月6日于北京

从“思想国有”到“思维超市”

（自 序）

1980年以前出生的人，大抵还记得“国营商店”这个东西——品种单一、款式单调；给你什么商品、什么价格，全凭少数人说了算，好或不好，你都没有知情权或发言权；无论你走几家商店，都只有那几样东西，想要货比三家、体验琳琅满目的惊喜，那简直是不可能的。长年如此，以致国民的审美能力被集体拉低，设计能力、创新能力发育不良。当然，至今仍有那么一些人，只记得在那里面买东西只需闭起眼来付钱就是，不必劳神动脑对比选择，却忘记了它的另外一些基本面——生产经营高度垄断，没有任何竞争的压力，自然也就不会有改进的动力。于是，在这种商店里，就连最基层的营业员都牛到可以爱答不理睥睨一切，遑论将顾客当什么上帝；即便如此，你还得忍住怒火乖乖排队，凭票采购。

今天我们已明白：对消费者而言，垄断和单一永远是噩梦，只有多元选择空间才是我们的福祉。正因为意识到社会从多元竞争市场获得的福利远比单一垄断市场要大，才有了种种旨在反垄断的法规。物质的市场是如此，那么思想文化产品的“市场”呢？是否也应作如是观？至少，从眼下看，“统一思想”和“多元思潮”之间旷日持久的阵地战依然硝烟弥漫；“思想解放”的口号虽已写入官方文件三十多年，多元产品虽然早已铺天盖地，可“统一思想”的号召依然强大到足以“杀”人（杀灭一切与己不同的头脑）。

诚然，“思想国有化”由来已久。从钦定史书所提供的资料来看，其始作俑者当属秦始皇；而升级版的操刀者则是汉武帝。以思想文化史的视角观之，他俩名垂青史的最大“功绩”不是文治武功，而是“焚书坑儒”和“罢黜百家、独尊儒术”。

当然，与20世纪另一些巧妙的操刀者比起来，他们就显得太血淋淋、赤裸裸、黑漆漆了，因而也太小儿科了。希特勒、戈培尔们的做法才叫高明。1933年9月，他们成立了德国文化协会，由戈培尔任协会主席，下设美术、音乐、戏剧、文学、新闻、广播、电影等协会。凡在相关领域工作的人，都必须加入相应协会，像服从法律一般服从这些协会的指示，不听话者不得食。由此，实现了对整个文化活动的集中控制。几千万德国人能够欣赏到怎样的文学、美术、戏剧、电影作品，可以收听到怎样的广播、看到怎样的新闻，都取决于党国元首之好恶。以新闻为例，曾任驻德记者的夏伊勒如此记载：“每天早晨，柏林各日报的编辑以及德国其他地方报纸的记者，都聚集在宣传部里，由戈培尔博士或者他的一个助手告诉他们：什么新闻该发布，什么新闻要扣下，什么新闻怎么写和怎么拟标题，什么运动该取消，什么运动要开展，当天需要什么样的社论。”鉴于此类指令实在见不得人，于是，它们被当成了党国的秘密，适用纳粹德国刑法典的规定去加以严格保护：“泄露国家机密者，处死刑。”1936年，德国《波森日报》某先生就因偶尔把戈培尔每天向新闻界下达的一些密令副本给外国记者而被判处死刑，后减为无期徒刑。

从秦始皇焚书坑儒，到汉武帝罢黜百家、独尊儒术；从朱元璋删《孟子》，到康乾盛世的文字狱；从民国的“党化教育”，到只剩八个样板戏的“文化大革命”；……“统一思想”的口号响彻每一寸国土，权力实现了对大脑的霸权，对思想文化产品的绝对垄断。于是，人脑的多元思考能力实际上已经“死”了。

有人说，在这个世界上，只有思想和爱情是无法禁锢的。可当内在生理上的“无法禁锢”遭遇外部环境上的“严加禁锢”，你若依然坚持“任思绪在晚风中飞扬”，那么，得到的只有锁链，失去的将是整个世界。幸运的是，1978年5月11日，《光明日报》“特约评论员”以一篇《实践是检验真理的唯一标准》引发了一场全国性的真理标准大讨论，不仅拉开了中国改革开放的序幕，而且放进了阳光和空气，拯救了无数在缺氧中濒临窒息萎缩的大脑。这可以算是“思维超市”即将开张的先声。而“思维超市”真正开张并对所有人开放，则是21世纪个人电脑的普及、互联网势不可当之后的事了。信息篱笆一溃千里，海量资讯自由奔涌，距今虽仅十几年时间，却引爆了不可估量的冲击效应。

正是在这一背景下，有这么一颗平凡的头脑，在刻意催眠中沉睡了二三十年，忽然机缘巧合闯进多元思想的“超市”。就像一个只有劳动服的村姑上了天猫淘宝，惊见满目时装；又像长年只吃干草的胃，蓦地发现，世上根本就不止干草这么一种食物，更还有萝卜青菜西蓝花、煎蛋炒肉清蒸鱼、火腿面包白米饭、樱桃葡萄哈密瓜，可以货比三家挑着吃、轮着吃、比着吃——它，还要不要膜拜以下这类说辞呢：“只有坚持吃干草才是好孩子”“干草才是唯一安全无毒的食物”“不吃干草就是背叛，人人都可以捡块石头砸死他”……

这些年，我只是到思维的超市作了一次自由行。而本书辑录的，就是在该“超市”里徜徉流连之所思所得。仅以此冰山一角，任读者自由检阅。

目录 Contents

五味杂陈

开卷有思

世相纵议

心灵走笔

（写给挚爱的孩子们）

代后记

五味杂陈

» 在那合法卖官的汉清岁月

说到买官卖官，其实古已有之，甚至一度是桩完全合法的生意，号称“捐纳”。这“捐”字用得真妙，更妙的是，其终极操盘手正是皇帝老儿。就冲这点，今天因卖官而身陷囹圄之人，恐怕就得捶胸顿足了：投胎真是个技术活啊！俺咋就没生在秦汉，生在大清呢？

史载，东汉末年，四座宫殿失火被毁，顿时搅乱了帝国的财政预算——皇上盖房耗资巨大，这笔预算外开支哪儿出呢？28岁的灵帝辗转反侧，最后采纳太监张让和赵忠的建议，规定大小田每亩交十钱，各级官员升官上任也要先交一笔钱，用于修建宫殿。于是，拟提任的领导干部一律到“西园”这地方问价交钱。后来朝廷干脆在鸿都门挂出官爵价格表。曹操他爹曹嵩就花万金买了个太尉；崔烈更高明，买通了灵帝的保姆，半价买得司徒之职。灵帝就这样为自己的偌大产业找了群以营利为目的的管理员，当然，刘氏江山不久就改了颜色。

到了清朝，“捐纳”成为应付财政缺口的传统手段。康熙帝征讨准噶尔缺钱，号召富户捐纳，仅山西一省，当年就卖出一万两千个县丞。友情提醒：这可只是候补名额，离真正当上县丞还远着呢。嘉庆晚期，全国1300个县，竟有20多万候补县令在虎视眈眈——古人真笨啊，倘若每个职位都设置一正十一副，外加助理、委员、党组成员等，还愁不能安置捐官者？

据说道光帝倒还清醒，对捐官行为相当痛恨，认为“彼等将本求利，其心可知”。可看在钱的份儿上，他还是舍不得废止这门生意。到了咸丰帝继位，内忧外患，年年用兵，财用告罄。咸丰帝病急乱投医，对策之一就是大肆卖官。后来又打折促销，从九折、八折，到七五折，价格一减再减，以吸引更多买者。可卖多了则贬值，捐纳市场迅速走向熊市，而“战争”这口大灶还等着捐银下锅呢。于是，“自愿捐纳”变成“上门劝捐”，之后发展到带兵勒捐。可诚如道光帝所见，花了钱买官，哪能不设法加倍回收？当事官员一心捞回本钱而无心做事，于是吏治更坏、盗贼更多，又不得不耗费更多银两剿匪。就这样恶性循环，爱新觉罗家最终丢了江山。

当然，今天的卖官者可不怕这些，反正江山又不是自己的，慷公家之慨，发自己之横财，何乐而不为呢？

其实，从政治经济学角度看，“卖官”是有境界之分的。今日“卖官书记”们的做法，公器私卖，可视为黑道私企的黑市交易；而古人的“捐纳”则无疑属于国营大厂的公开拍卖。这是最广为人知的两种“卖”法了。客观地说，倘若官职横竖都是卖，那么公开拍卖无疑是交易成本最低、交易风险最小的一种方式了，比起黑市交易，它明码标价童叟无欺，真是好处多多——卖方可以免除被绳之以法的恐惧；买方不必绞尽脑汁揣测行情，不必担心“暗标”失败血本无归；其他人也可不必继续做那“默默奉献等提拔”的当代“十二大傻”之一，只需抬头瞄一眼价格表，再摸摸腰包便可明白是举牌竞标，还是低头认命；即使皇帝也有好处，至少卖官收入不至于完全被各级官员私吞了去。多和谐啊！

然而，除了上述两种现金交易，实践中还有另一种广受赞誉的“官职买卖法”，不妨称之为全民共营、期货交易——每一顶乌纱帽都由辖区内全体民众共同“拍卖”，竞购者除了不能直接用现金之外，许多东西都可做筹码，统称“竞选承诺”。例如，发誓要让民众税负更轻、福利更好、就业机会更多，要让国家综合实力更强、社会治安更佳、安全更有保障，等等。而“卖方”得到的自然不是现金，而是期货，任期内兑现。放眼全球，已有许多国家这么做了。

不过，在韩寒的交易设想面前，以上三种买卖法都成了小儿科。该设想又称“支付宝模式”：纳税的时候采用支付宝，等官员做出政绩或者兑现承诺了，就确认支付，否则全额退款。韩寒美滋滋地畅想：“那时，官员就会追着我们的屁股喊：亲，给个好评亲！亲，选我咯，包为人民服务了亲！亲，政绩在这里，请查收，亲！”

当然，设想只是设想而已。只要资源（包括乌纱）分配依然由“一把手”说了算，“花钱有官做，做官有钱花”，“卖官”也就永远只能在现金交易的低层次下循环。这，恐怕才是症结所在。

（《清风》2011年第10期，《杂文月刊》2012年12月上旬版，《百家讲坛》蓝版2012年第1期，2012年12月6日《文萃周末》等先后刊发或转载，题为《“卖官”的境界》或《在那合法卖官的汉清岁月》；入选长江文艺出版社《2013年中国杂文精选》）

» “人民罚单”背后的“第57个‘民族’”

移动互联时代，谁将会是“最可怕”的人？看看一则真实的故事就知道了。2013年1月3日，长沙街头一辆涉嫌违章停放的警车被贴上一张手写的“违法行为告知单”纸条，网友称之为“人民罚单”。该“罚单”模仿交通部门开具的罚单格式而未署名。长沙市公安局回应称，已对警车违规停放问题展开调查，将尽快公布调查结果。

“人民”并非执法主体，因此，这位幽默的勇士开出的这张“人民罚单”，自然无法直接转化为违章者必须遵照执行的有效单据。可你要是只把它当成一个笑话，那就大错特错了。君不见，这纸手写“罚单”，分明承载着海量的信息。

首先，街还是那条街，车还是那些车，可“人民”已不再是沉默的羔羊；然后，更重要的是，这张“人民罚单”从被市民用手机拍下、发到微信群，再到被群里其他朋友发上微博，这个“突围”的过程，几乎转瞬之间即可完成。而一则微信秒杀全国纸媒、一条微博引爆整个网络的故事早已不是海外奇谈。

时代变了，别以为世界还停留在报话机、发报机们高踞“最先进通信工具”之巅的时代，别以为官办广播电台、机关报才是最强大的信息源。别以为有谁还可以轻而易举地捂住监督之眼、窒息反对之声。移动互联时代，全世界从政要、富豪到小小办事员都不得不正视一个现实：从前，数十亿双眼睛要么看都看不到你，要么只能看着你却奈何不了你；而现在，只需其中一根指头轻轻一摁，就可以将你变成“网络巨星”，登上各大媒体的头版头条并“红”遍全球。

有人调侃说，在人手一机、处处“爱疯”的年代里，在微博、微信、微电影、小视频已经成了每个人手中“不得不说的故事”的语境下，“中国最大的姓氏已不是赵钱孙李周吴郑王，而是‘@’；不远的将来，你结识的任何一个新朋友都可能对你说：请在我的姓名前加上一个@”。而中国人数最多、力量最强大的“民族”，也不再是汉族或其他什么民族，而是传说中的第57个“民族”——拇指族。

尽管手写的“人民罚单”适用法律有误，可罗列了警车的牌号、颜色、车辆类型、违规时间地点等详尽信息，尽可供网民和有关部门按图索骥。这辆警车就这样不经意间“红”了。可当初那位开车者也许只不过怵于满大街针插不入、水泼不进的“车位荒”，出于惯性，抑或只是贪图一时方便，把车子往相反方向随便一停，就像当初坐在警车内伸出脚让人擦皮鞋的那位兄弟一样，根本没料到刹那间已置身炉火之上。

时代变了。在微博微信微电影时代，如果你还无法与时俱进，将自己的习惯思维尽快“微调”，如果你还读不懂一纸“人民罚单”里的春之消息，那就等着成为下一个热点话题的主角吧。

（刊于2013年1月15日《杂文报》，见报时题为《别把“人民罚单”只当笑话》）

» 一夫当关

话说这天佛祖升座讲经，忽然觉得有些异样——山门内外摩肩接踵，大雷音寺挤满了来听讲的粉丝。往日也是这般盛况，佛祖并未多想，以为定是人间善男信女赶来捧场。可今天不小心多看了一眼，阿弥陀佛，哪里是肉眼凡胎的信众？只见那大雄宝殿内外，八菩萨、四金刚、五百阿罗、三千揭谛、十一大曜、十八伽蓝，还有那各洞神仙、丁甲、功曹、土地、优婆塞、优婆夷、比丘僧、比丘尼，挤得水泄不通，竟全是拥有西天极乐世界常住户口的正规军。

佛祖猛然醒悟：这仙佛灵界，不知已存在了亿万斯年；除了自己菩提顿悟之时追随而来的原班人马、开山元勋之外，这些年来，世上修成正果的高僧善士、忠臣节妇不知凡几，再加上自己当初为了鼓励凡夫俗子信奉皈依，定下了“一人得道鸡犬升天”的规则，随同新得道者一并取得灵山绿卡的七姑八姨、鸡鸭牛羊、金鱼灵龟等又不知有多少。久而久之，每到讲经布道天花乱坠、普降甘霖之际，仅这些编制内正式员工就密密匝匝占据了大雄宝殿内外、佛国灵山天界的每一寸角落，犹有那捧着钵盂找不到落脚点的神鹰仙鹤，只能站在主人的肩膀上，以保躬逢盛典、雨露均沾。如此一来，下界信徒哪还有一丝缝隙可近得佛前？长此以往，只怕信众都会改投邪魔异教门下，香火堪忧。

于是佛祖暂停讲经，宣布今后新成正果者，一应先由特派使者在凌云渡严格考察其善德业绩是否足够、诵经能力是否超凡，每十万年只组织一次，化度五人。众神一听，暗暗佩服佛祖远见——毕竟，总不好把人家已修成神佛的打回人间吧？严把入口关、从新人革起，也算是一条行之有效的中间道路。净坛使者自告奋勇要替佛祖分忧，保证一夫当关万夫莫开。吴刚愤然叫道：此人早在天蓬时期就劣迹斑斑，他连自己的手和嘴都管不住，还能做守关勇士？只怕老鼠精一声娇唤、狮驼怪半锭银子，他就会连凌云渡都交出去！

七嘴八舌议了半天，终于决定由旃檀功德佛玄奘担此大任。此君一出娘胎就修行，佛学素养深厚，社会关系单纯，必能严守法度，确保佛祖旨意不折不扣贯彻落实。玄奘领命，立誓公平公正严格执掌凌云渡，做一个不负佛望的接引使者。

刚到渡口站定，迎面西来头一个就是外公殷丞相。玄奘十分为难：“外公啊，如果佛法允许，孩儿宁可把自己这个旃檀功德佛的位分让给您。无奈您为保相位杀生无数，否则当年早已随我白日飞升了。您不符合成佛的条件啊！”殷丞相无言以对，转身欲走，却有金山寺收养了玄奘的法明长老仗义执言：“此话差矣！你想那犯下杀戒的金鲤红孩熊罴怪、金角银角青牛精都可登仙，老爷在官言官，也是身不由己，哪点不如他们，为何不能？古人尚知‘内举不避亲’，难道就因是你亲外公，你就可以剥夺他应有的权利吗？”一席话说得玄奘赧然无语，跪地亲渡外公进了灵山，暗暗发誓下不为例。

刚回渡口重新坐定，遥见一沙弥双手合十而来，却是当年江州城外金山寺与他一同在法明长老座下诵佛念经、烧火提水的玄空师兄。玄奘成佛时，照当时“鸡犬升天”之律，他本该一同移民灵山，只因他素来是个酒肉和尚，又曾辱骂玄奘为“姓名也不知，父母也不识”的“业畜”、“野种”，折了口德，圆寂至今一缕幽魂仍在天地间漂泊。玄奘暗想，凭自己的耳朵哪抵挡得了他，不如先走为妙，到佛祖面前极力要求辞去接引使者一职。

佛祖沉吟半天，改派斗战胜佛说：“悟空，你去吧！也只有你这般石头里蹦出来的才能斩断尘缘、心无旁骛、执纪如山了。事关佛界兴衰存亡，好自为之！”

悟空笑道：“佛祖放心，俺老孙一定好好执掌凌云渡，不合条件的一个都不放进来！”话音刚落，紫霞的倩影已经飘到渡口了。想当年蟠桃园闯祸、炼丹炉被熬煎，度日如年生不如死之际，要不是紫霞的前身——紫衣仙女时常嘘寒问暖，哪里有信心熬出头？后来自己之所以回到五百年前，不就是为了寻找紫霞吗？现在人家堕落凡尘，好不容易有了一个重返仙佛界的机会，怎么好意思亲手掐断？人家为俺老孙出生入死，俺老孙冒着被打回花果山的危险，也要帮这个忙。

悟空主意既定，脱口高叫："紫霞，上船吧，俺老孙渡你过去！"

一言既出，诸仙诸佛无不欢腾。八戒、沙僧、哪吒、红孩儿相视一笑，道："大师兄早该这么做了！不瞒你说，我们替佛祖把守灵山侧门期间，早已架不住悄悄放了十几个进来。"八部天龙拍手笑道："大师兄勿怪，适才观音背后执玉净瓶的，就是我妹妹最铁的闺密，今天傍晚从南门沙师兄驻守处进了菩萨麾下。谁没个三亲六戚、乡邻故交，这下，咱们都扯平了！走，今晚请你吃蟠桃去！"

（刊于《杂文月刊》上旬版2013年第1期）

» 狮子的八阵图

经过系列大决斗之后，狮子赶走老虎，成了丛林之王。正犹豫着加冕典礼该如何举行，老虎豹子会不会“亡狮之心不死”，却见决战中立下汗马功劳的棕熊上书给它，说：三百年前，河西岸那只大象在摔跤比赛获胜后坚决不肯加冕，由此开创了这个丛林史无前例的“轮流坐庄、和平博弈”模式，改朝换代不再血流成河，大王你何不也这么干，做一个名垂青史的圣雄呢？……狮子大怒，一口咬断了棕熊的脖子，宣布登基。

然而人人都知道了河西岸有一个圣雄大象，飞禽走兽们都想尝尝那种高层轮流坐庄、底层渔翁得利的好滋味。再说，“和平轮替、大家说了算”本来就是狮子当初高举的旗帜，想那些鸟兽们脑袋憨直不善拐弯，哪里明白其中玄妙？狮子生怕自己哪天打一个瞌睡就被扯下宝座五马分尸。它辗转反侧，终于有了主意，挑灯夜战，画出了一张八阵图，按奇门遁甲之术，布相生相克之阵，打算按图分封诸侯，命小狮子传旨贯彻落实。

小狮子一看，大惑不解：“爸爸，为什么让狐狸看守山鸡、让黑熊领导鱼池？”

狮王哈哈一乐：“小子，这你就不懂了。俗话说一个好汉三个帮，咱就算三头六臂天生神力，也得借助一批人马才能治理天下不是？狐狸足智多谋，黑熊力大无比，今后咱们会有很多地方用得着它们。不让它们有利可图、有腥可偷，它们会为咱卖命？它们胃口大，要是老靠我狮王掏钱赏赐，拿什么来打仗、修皇宫、发薪俸？”

小狮子还是不明白：“原来是您有意分利……可，前天咋还抓了那只监守自盗偷吃羊的灰狼？它也为咱家立了不少功哩。”

狮王道：“那可怪不了我，谁让那家伙既蠢又不听话，偷吃小羊被一群老羊当场揪住。最可恶的是，它竟敢替棕熊起草那份万言书，试图借棕熊之口要我难堪，我早就想找个机会拿掉它了。再说，这些天的丛林王国，飞禽走兽们义愤填膺，不知给我写过多少举报信，甚至成群结队来咱洞口上访，控诉我手下头目贪赃枉法，再不处理一两个，它们看出端倪，非造反不可。杀灰狼，可谓一箭四雕——平民愤、树形象、拔钉子、夺横财，知道不？”

小狮子越发糊涂了：“为什么不直接任用勤勉的老牛、忠诚的大象呢？它们口碑好、能力强、没民愤、群众都信服，也不会误了我们的事。”

狮王微微一笑：“对啊，它们口碑太好了，离开了咱，照样能活得很好，干吗要听咱的？万一它们有意和咱唱对台戏，咱又凭什么可以拿下它们？老百姓也不答应！狐狸就不一样了，要不是咱家给了它权力，它啥也捞不着，就为了自个，它也得乖乖听咱，拼死保卫咱，对不？”

小狮子愣了片刻，若有所悟。但还是忍不住问：“可……鸟兽们永远看不穿吗？再说，您不是一直倡导‘一切权力来自百兽’，大小头目应该由民众推选，不该由个人私自定夺吗？”

狮王不悦：“傻小子！此一时，彼一时！从前要不这么说，人家能帮着咱打老虎？现在再说这话，难道想让咱成为老虎第二？你要不是我儿子，敢提这事，非治你悖逆犯上之罪不可！”

狮王震怒，小狮子吓得面如土色，一时什么也说不出来。狮王觉得对儿子不能像对外人那样无情威慑，于是安抚道：“放心，咱绝不是私相授受，每一个人选，都会有完备的推选手续，完全符合兽主程序的。至于鸟兽们，只要反复告诉它们：我狮王永远正确，是它们唯一的救星、偶像和主人，别人都是魔鬼，还愁它们会起疑心？听我的，去找吏部尚书金丝猴吧，它会按照八阵图的布局办好一切；再吩咐礼部侍郎百灵鸟，做好舆论导向。”

小狮子还在将信将疑，狮王懒得再作解释，拍拍儿子的肩膀：“跟老爸好好学，等着继承大统吧！”

（刊于《杂文选刊》2009年5月下旬版；《新智慧》月刊2009年第8期转载，入选《华师年选》）

» 一个“国民伴侣”的自白

什么？你以为，只有“公共情妇李薇”式的人物，才可以叫作“国民伴侣”吗？非也非也。李薇们充其量不过是“游刃有余在十多位高官之间”；可提起我，却是举国无人不熟、个个皆友，你很难找出几个人没和我牵过手——等我报出名来，你就会知道，其实，你也是我耳鬓厮磨的老朋友：我姓莫，名叫“认真”，别号“难得糊涂”。许多人把我奉为立身处事的头号法宝，画影图形挂在墙上，铭心刻骨相伴终生。

其实，小时候，我并不姓莫，而姓“很”。有一天，妈妈带我去隔壁酒坊玩。大人闲聊时，我在里间钻来钻去，忽然看到店小二往酒缸里兑水。我想起老师“做人要诚信、不能挂羊头卖狗肉”的教诲，立即义正词严地批评他。可刚说了半句，就被他顺手用沉甸甸的水勺兜头砸了好几下，边砸边说：叫你认真，叫你多管闲事！我哭着跑出去找爸妈，爸妈气不打一处来，每人甩了我十几个耳刮子，说：别人的事，你认什么真！不给你改姓，将来你被打死都有可能！……从那以后，我就改姓了“莫”。每当我试图认真的时候，这个姓氏总会发出比陆游名作《钗头凤》还要如雷贯耳的声音：错，错，错！莫，莫，莫！

后来我明白了：其实，爸妈说的也有道理，米酒米酒，本就是米加水加酒曲酿出来的东东，多点水少点水有什么要紧？喝酒的人，多喝点水非但无关紧要，而且简直好处多多，起码，浓度低了，离“千杯不醉”的目标更近一步了。

后来有一天路过建筑工地，蓦地看到，老板指挥工人用筷子般细的钢筋代替图纸上比大拇指还粗的钢筋去构筑大厦的顶梁柱。我装作没看见，加快脚步打算离开这是非之地，却被几个儿时玩伴扯住。他们说，我们正负责这个建筑工程的质量监理和验收呢，就这么回事儿，有啥好监理的，那么认真干吗，要不一起喝一杯去？……于是一行人驱车去酒楼。刚驶离西门桥，那桥就在身后轰然坍塌了，断裂处，露出一排排比筷子还细、被桥的张力扯断了的钢筋。可是，可是，筷子和拇指有多大区别，上帝何必这么认真？

大学毕业后，我成为法院的一名书记员。一次在记录判决书时，旁边有人提醒我说：莫认真先生，这个字你记错了吧？法官明明判的是一年，你怎么记成了十年？我莞尔一笑，答：个把错别字有什么要紧，一年和十年，不都是有期徒刑吗？判一年还是判十年，他不都是那个罪犯，别那么认真！于是那人被投进监狱，关了十年。

院长听说此事后，特地召见我。只见他端坐在那龙飞凤舞的“难得糊涂”书法条幅下，含笑赞许说，嗯，小莫不错，不错！脑筋灵活，不认死理，前途不可限量！我们需要的就是你这样的人才。不破格提拔你提拔谁？下周起，你就是一级法官了。

我正想起立致谢，门外响起一个洪亮的声音：不不不，这样的人才，我们太需要了！院长你就忍痛割爱，让小莫到我们所里来吧，我要委任他做特级实验室的负责人！实话说，我都快被那些迂腐的学究给逼疯了，他们用起量筒来，连半毫升的差距都斤斤计较，真受不了。

就这样，我作为特殊人才被引进科研所，掌管特级实验室。什么？你说一个法律专业的怎么能胜任科研工作？那你可就错了。其实我是舞蹈专业的。莫要认真，这些工作还不就那么回事。论文可以百度，仪器可以束之高阁，这年头，只要酒杯一端，谁会真追究你究竟开没开展科研、真开展还是假开展呢！这不，我已经在这里工作七八年了，谁说不行？

就在我评上高级职称的第二天，所里突然接到新任务——检测一名疫区来的发烧呕吐病人，看他感染的是不是那种迄今尚无防治措施的致命病毒埃博拉——或者是AB菜？有什么要紧呢，反正就是类似这样的名字。我一边想，一边满不在乎地迈进该病号的病房，背后响起一片惊叫：教授您还没穿隔离服呢！

直到我因高烧不退、口鼻流血而离开人世的那一刻，我还是不明白：穿没穿隔离服，还不就是那么回事，上帝干吗那么认真？

比我更想不通的，是我的举国同胞。他们逢人就说：莫教授是个多好的人哪！大度随和，灵活机变，凡事睁只眼闭只眼从不为难别人。唉，敬爱的莫教授安息吧，您的精神必将永远陪伴在我们身边！

（刊于《杂文月刊》上旬版2014年第11期）

» 马车不懂皇上的心

乾隆帝退位前两年，英国国王乔治三世派了个著名的庞大使团漂洋过海访问中国。船到通州，使团成员改从陆路进京。清朝官员只供应了四顶轿子，分别给正使、副使、副使的儿子以及翻译乘坐，其他人只能乘坐两轮车。

这下英国贵族和冒险家们尝到中国这种两轮车的苦头了——他们发现，此车既没有弹簧也没有座椅，更别说柔软的垫子或其他防震设施。没奈何，他们只能学着中国人的样子盘腿坐在车板上，一路苦不堪言。

当然，英国人终究是英国人，人家自从1588年击败西班牙无敌舰队并取代它独霸海上之后，就开始不断扩张海外殖民地，顺便把生意做到了全世界。这不，就在车队颠簸前进、浑身骨头都快被颠得散架时，英国人的商业头脑飞速运转起来——他们立即想到自己国家四轮华丽马车的优越性，并计算着向中国出口这些四轮马车能赚多少钱，在日记中开始拨拉起算盘珠子：哇，商机来了！我们的马车又柔软又舒适，比中国马车先进不止一点点，要是回去大量生产马车卖给中国人，嘿嘿，这个庞大的中华帝国，惊人的人口，哪怕只有一小部分人成为咱的主顾，不就“无边钞票萧萧下，不尽白银滚滚来”了吗？

机不可失，使团团长马戛尔尼立即把随船带来的一辆华丽舒适的四轮马车献给乾隆，并如愿以偿地获得了一个免费做广告的机会——在被誉为“万园之园”的皇家园林圆明园展示所有“贡品”，包括这辆马车。

大清闭关锁国已久，忽然有了这么一个大开眼界的机会，自然引来无数好奇的目光。许多官员、文人，甚至胆大的百姓都设法到圆明园来观赏这些稀奇玩意儿。马戛尔尼坚持要展示浮悬弹簧马车的优越性，可是，参观者对弹簧毫无兴趣，注意力都集中在车夫的座位上。一群官吏围着车夫的座位转来转去，揿揿柔软的坐垫，摸摸座位的布料。瞧，座椅外套饰有这么多月牙形花边，这么多琢磨成玫瑰花的小钻石，特别是座椅的位置居高临下，毫无疑问，只有皇帝本人才有资格坐；那么马车里的座位又是谁的呢？仔细研究了车门、车窗和遮帘之后，他们得出结论：这只能是皇后、皇妃的座位。可，赶车的人坐哪儿呢？他们百思不解。

副使约翰·巴罗忍不住告诉一名老太监：不好意思，你们弄错啦！最前面那个高高的座位，是车夫的；车夫后面车厢里的位置才是皇上坐的。老太监微微一笑：“您以为皇上能容忍一个人的座位比他的座位高，并把背朝着他吗？”

果然，东道主只派大臣试着坐了坐，立即将它弃若敝屣。他们鄙夷地记载：这些不知礼乐之道的蛮夷，竟然把马车夫的座位造得比乘车的老爷的座位还高，这不是忤逆犯上吗？谁要是坐这样的马车，那还不得把老脸都丢光了呀。

就这样，英国人向中国这个广阔市场出口四轮华丽马车的梦想砰然破碎，设想中的第一笔中英官方贸易，夭折在襁褓之中。一年多以后，当荷兰访华使团在皇宫的一个角落里看到这辆被弃置的马车时，大为欣慰：哈哈，原来不仅仅我们的大使被乾隆轻蔑地视为来朝贡的蛮夷，那个不可一世的大不列颠，在人家眼里也不过是墙角的一堆尘埃哩！

那么以“十全老人”自诩、认为自己无所不能的乾隆帝呢？他是否能够顺利地向西洋人“出口”天朝上国的威严？答案当然也是否定的。英国使团来了，他赐给人家一盒馅饼；荷兰使团来了，他赐给他们一些葡萄干。他实在难以理解：朕皇恩浩荡，这些野蛮夷狄何以竟然不像本国臣民一样感激涕零，甚至连接受御赐食品时必须施行的跪拜大礼，也不情不愿？他更想不到的是，文化鸿沟竟是和平交流的最大障碍，双方不但做不成贸易，若干年后甚至兵戎相见。

（刊于《杂文月刊》

» 张飞的“维稳”支柱

《三国演义》中，蜀汉“第三把手”张飞具有一项“特异功能”，那就是睁着眼睛睡觉（声明一下：“第三把手”一词纯属瞎掰，谢绝考证）。

虽然此功能有点像那天生没有眼皮的鱼类，并且后世有医家认为，这是脾胃功能疲惫的结果，甚至有可能是急性面神经炎或眼轮匝肌、提上睑肌病变所致。但无论如何，睡觉都能睁着一两只眼睛，还是令人十分向往的。尤其是传说中那些纵横江湖的大侠，大抵做梦都想拥有这等本领。毕竟刀口舔血、火中取栗是一份高风险职业，而靠暴力夺来的宝座，维起稳来更是艰难——天知道有多少仇家排队等着要取你的脑袋或你的交椅，而人的生理机能又决定了谁也不可能一辈子不睡觉。

当然，张飞的安全保障或谓“维稳支柱”并不止“睁眼睡觉”这一条。另有三点，或许同样重要。

一曰“背景”。众所周知，翼德同志是伟大领袖刘备同志义同生死的结拜兄弟，和他“一起扛过枪，一起同过乡，一起分过赃”，绝对是领导眼中最可靠的“自己人”。这个背景是王牌。二曰“暴力”。丛林社会，弱肉强食，得枪杆子者得天下，力气大、能打会杀自然很重要。君不见人家张翼德长坂坡大吼三声，吓退了曹操大军百万，吓死了夏侯杰将军一名。有了“暴力”优势在手，他杀别人可以，别人杀他却没门。所以“暴力”这东西至今仍被用作维稳利器。三曰“神话”。人人睡觉都得闭上眼睛，唯独他通宵达旦大睁双眼也没影响白天奋勇杀敌，这不是神又是什么？所以张飞有了高人一等的特权——他鞭打士卒草菅人命，被视为英豪血性；别人被迫杀他以自保，却被小说家白纸黑字称作“贼”。

按说，有了这几张维稳王牌，张飞大可畅享长治久安，夜夜高眠了。可事实又是如何呢？书中交代，听到关羽死讯后，张飞“旦夕号泣，血湿衣襟”。诸将用酒来劝解，结果他酒醉后更加残忍暴戾，部属稍有小错就大肆鞭挞，鞭死了不少人。显然，对于自己的把兄弟如关羽，张飞确乎情深义重；可圈外人却被他视为草芥，自己心情不好就可以拿人家的生命当出气筒。这就是所谓千古英雄的真面目。好在卑贱者的命是不值钱的，咱老百姓早已习以为常，《三国演义》读了几百年，也没人觉得有什么不对。可作为当事人，眼看着要被打死，焉能不挣扎求生？求生不得，铤而走险又何足为奇。张飞勒令三日内要置办白旗白甲，部将范疆、张达据理力争，恳求宽限，反被鞭打五十，打得满口出血，还说完不成任务就要杀他们示众。这不是叫人没了活路吗？范、张只好先下手为强。当晚怀揣短刀靠近张飞床前，见他“须竖目张”，吓了一跳——睁眼睡觉的功能差点就救了张飞一命。可惜，鼾声如雷，露了马脚——的确是睡着了。于是短刀入腹，英雄归天，随着一声“咔嚓”，连首级也被摘下来献给了东吴。“张氏维稳”以失败告终，真是悲莫悲兮。

蓦然回首，世上哪有什么固若金汤？所谓的“睁着眼睛睡觉”不过是一个表象、一则神话，抑或小说家的噱头而已。能攻心则反侧自消，不宽仁即醒睡皆危，归根结底，暴力维稳、神话维稳、背景维稳都不过是银样镴枪头，可以得逞于一时，却不可能得逞于一世，更换不来长治久安；只有文明与秩序，只有和平博弈、“费厄泼赖”，才能带来各利益相关方的夜夜安眠。谓予不信，请问山姆大叔、约翰牛，或问张飞。

（刊于2011年6月21日《杂文报》）

» 多亏有那一角龙袍的走光

据说，鞋子合不合适，只有脚知道。可无论哪朝哪代，总有那么一些热爱时尚的人，尽管明知某款鞋子挤脚，依然大张旗鼓地买下穿上，尽管在无人处疼得龇牙咧嘴，依然在聚光灯下走得“舒适轻盈”，向世界昭告自己的与时俱进。鞋如此，衣亦然。辛亥的风暴撕裂了笼罩在龙袍上的神圣光环，却洗不去龙子龙孙基因深处对龙袍的挚爱和向往。于是，人们只好把这份“爱”设置为“隐藏文件”，深埋在系统CPU的深处，还不忘披上一件入时的西装。

可千年神兽终归是不甘寂灭的活物，总有些枝桠旁逸斜出得不到合理解释，若用它自己所宣称的“明规则”这只鞋子去穿，怎么也无法把它藏好、掖好；唯有改用传说中那只名叫“潜规则”的鞋子去套，才浑然天成合乎逻辑。

相关例子很多，最新的是湘潭的二十七岁副县长。工作五年，历经九次调任擢升，一年半之内完成从副科到副处的跃升，其间还在大学攻读全日制研究生。倘若用“任人唯贤”、“公平公正公开”、“德能勤绩廉”之类摆在煌煌庙堂上的光鲜“鞋子”去“套”，你如何解释，一个人竟有分身术，能同时把“现职副县长”和“全日制在读研究生”这两份“工”都“打”好，而且“打”得超凡出众？倘若用官版标准答案“特别优异”去衡量，如何解释十三门课当中只有三门能通过，况且五年九升迁，几乎半年一挪，最短的一个任职仅一个月，连适应都来不及，何以就看得出超常的业绩了？反之，倘若试着改用“潜规则”大袍下那只名叫“世袭”、“父荫”的小鞋去套这一神童事件，顿时全都严丝合缝，即使集诸多奇迹于一身，也水到渠成了——别小看了“区人大主任”爸爸、“区检察院副检察长”妈妈的能量，我的地盘我做主，要调动一些老友或旧部与自己互利共赢，只不过指掌间事。

当然，中山装下露出龙纹的，远不止这一件。2012年河南项城的“娃娃经适房”事件，显然就无法用“申购者应达国家法定婚龄”这件“西装”去遮盖住“七岁娃获准申购经适房”等事实；而四川宜宾某地税局把女协税员当成“三陪女”来奖惩的方案，更是与“协税员”这件外衣格格不入。这样的事例多了，榆木疙瘩也忍不住豁然顿悟：哦，原来，他们身上穿的，并不是他们自己所宣称的那件“中山装”或“西服”，而是那据说早已被扫进历史垃圾堆了的“龙袍”；原来，我们所错愕难解的、种种用“中山装”或“西服”怎么也套不严实的枝丫，其实就是西服下那一角“龙袍”的走光！

当然，知道了，又如何？二十七岁副县长的神迹见诸媒体后，一位自称做过十年基层干部的网友“陈杰人”公开向湘潭市委书记和当事副县长“约辩”：“一月内你任选时间地点，我与你俩公开辩论——与你辩论这种任用是否违规，与徐韬辩论基层政府工作，看他懂不懂基本常识！”可惜“挑战书”发出多时，却只能在网上“空转”，成了无人理会的“烂尾楼”——在无数次所谓“舆论风暴”的潮涨潮退中，人家早已看穿：只要更高层级的公权力不出手、不响应，区区几个网站或报刊、几个作者或网民的“强烈质疑”，迟早要被更多源源不断前赴后继的新热点所淹没。掩耳不闻、以不变应万变，才是全身而退、屡试不爽的“撒手锏”。于是，就连“湘潭神女”等近在眼前的殷鉴，也摁不住类似“神迹”的此起彼伏，“火箭式交班”的冲动已急切到“一万年太久，只争朝夕”了。

只是，“逢官必疑”的“塔西佗陷阱”，不是一天两天就能挖成的。从“习惯性掩饰”，到“经常性走光”，下一步自然就会是“习惯性质疑”。倒是多亏了那一角龙袍的走光，将老百姓催熟成“老不信”。倘若人家多点耐心，做得高明些、逼真些，我们不还得继续在别人家封妻荫子的幸福里陶醉到永远吗？

（刊于《莆田文学》2013年第2期，“全国杂文专号”）

»“你当局长了吗”

高考结束后那个阴郁的下午，有人电告，遇到了我小学时的Z老师，谈话间老师念念不忘，称我为最得意的门生之一。朋友给了我一串号码，让我抽空致电问好。

这个电话顿时将我拉回远古般的童年——二十多年前，Z老师是怎样变魔术般拿出一本本“作文书”，让深山沟里除祖传四大名著外从未看过其他书刊的小姑娘犹如刘姥姥进了大观园，在文字世界里战战兢兢而又无比惊喜地一步步探险，从此与文字结缘。还是Z老师，要求全班二十多个孩子每天写一篇日记，从此，我记住了世上有“日记”这个东西，十年如一日，差点坚持到自家电脑和博客出现。

据说，恋旧不是什么好东西，要么意味着年华已老，要么反衬着当前的惨淡现实。可我还是念念不忘于过去的温暖，一旦有了一丝来自往昔的链接，立即像一头老牛，开始将记忆缓缓反刍。

短暂的学生时代，对我影响最深的老师有三位。第一位是初中的英语老师A。我不但在日记中记录初见她的愉悦，还爱屋及乌地喜欢上了英语。即使后来人生轨迹与英语背道而驰，依然自考了英语本科。A老师兼教音乐，她那婉转的歌喉打动了酷爱音乐的我，可以说，今天我的三项业余爱好（文字、音乐、英语）中有两项都深深刻下了A老师的烙印。不仅如此，她还是我眼里温婉可亲的姐姐。冰天雪地，我没有袜子，A老师看见了我那瑟缩在旧鞋子里的光脚丫，立即把自己的新袜子送给我。要知道，在那个物质极度匮乏的山村，一双新袜子对于一位代课教师弥足珍贵，若非出于真诚爱心，老师尽可视而不见，何必赠我？

另一位是初一语文老师G。想到这儿，忽然打一个寒战。据说，有关方面已宣告G老师死亡了。N年前，师母陪孩子结束高考，赶回榕城医院，病床上的G老师已不知去向。人们四处寻找，甚至沿江追溯到潮汕，始终渺无消息。谁也不知道，他究竟是无法忍受肝癌晚期的折磨而投江了，还是另有遭遇？天地茫茫，再也没人见过他了！我很迟才听到消息，惊愕到失语。G老师是那么和善，笑眯眯从不发怒。老师的关爱不可计数，永难忘怀。就在前些年，上下班还常能路遇，他一如既往地笑，一脸灿烂，一脸温暖，对于随后即将吞噬他的无边黑暗一无所知。我也一直以为，会有数不清的机会，可以去拜访他，于是，一次也没去。想起来都不能原谅自己。可老师才四十多岁啊！谁能料到，生活居然比小说还要离奇惨烈？！

第三位便是Z老师了。小学时光恍如隔世，记忆中的Z老师，依然年轻挺拔、自信洒脱。可据说他已退休回了老家。于是，下班后，我立即拨通了那串号码——Z老师还能听出我的声音吗？

事实证明，我多虑了。Z老师稍一错愕，立即喊出了我的名字：“你现在混得怎样？当局长了吗？”他提起了许多关于我、关于我们班同学的细节，还记得我父母，记得我家境艰难，全凭父母的毅力，坚持供几个孩子念书并逐一走出小村。老师反复询问“你当局长了吗”，对于我的否定回答颇为遗憾。我开玩笑说，很抱歉，这主要是学生不争气，不过老师也有责任啊，谁让你当年没传授仕途之道呢。你只教我学好语文，所以今天我就辗转皈依了文字。Z老师言语中就有了一些轻慢，也开始自责当年傻，误判了形势，否则一定会好好教我谋升迁。这些话给我以强烈的心理暗示——在老师眼里，今天的我，“混”得远非自我感觉中那般怡然自得。

我忽然很不服气，想对他说，你的学生并非一文不值——在全国许多报刊乃至国际媒体发文；声乐功底被称为专业水准，月底还要在大型晚会上登台独唱和领唱；业务有口皆碑获奖无数；……随即意识到，我竟有这一想法，不也证明了自己潜意识中在顺应老师的“成功标准”，并且急于证明一些什么吗？如果说老师以权钱资源的占有量来打量我，我不也试图以权钱名的坐标系来为己辩护吗？意识到这一点之后，我选择了打哈哈。

挂断手机，恍然大悟。记忆，已沦陷；童年，已远飏。今夏的雨已无昨春的气息，今天的我们也已回不到昨天的记忆。老师其实也不可避免地在染缸中不断调整自己，大浪淘沙后，唯留下权钱尊严——它无孔不入；你无路可逃。哪怕用理想、梦想和赤诚做成防火墙，也屏蔽不了这个世纪病毒。

可我依然感念，无法忘怀——谢谢你们，在我记忆中，刻下过无可替代的温暖一页。

（刊于《莆田文学》2013年第2期，“全国杂文专号”）

» 骗子的“辫子定律”与公众的“黑暗森林猜疑链”

有则言简意赅的段子，一度刷爆微信朋友圈：“人生四大心愿：不劳而获；不学而慧；无伤有爱；暴食不胖。”人们会心一笑，竞相转发，当然，大抵没人会拿它当真。可你若认为它只是无意义的调侃，那就未免“too young too simple”了。事实上，凡能博得大众不约而同纷纷转发的东西，一定有其击中人心、激发共鸣之处。换言之，上述每一个“心愿”，都抓住了人性的某个要害，折射出人类内心深处的隐秘渴盼：既希望占有尽可能多的优质资源，又不想付出辛劳和代价。而这，不正是骗子们最喜欢的“人性漏洞”吗？

有漏洞方能趁虚而入，有辫子乃可一把揪住，尽情刷新“行骗史”上的种种纪录。这一现象，不妨称之为骗子的“辫子定律”。化用1793年法国大革命时期罗兰夫人被送上断头台时的那句呐喊，那就是：“人性小辫子”，多少骗局假汝以行！正因为成功的骗子都是心理学或人类学大师，所以才能像女士们接过快递商品后三下五除二地撕掉外包装一样，迅速剥开种种道德伪饰，直抵人性本质。例如，你说你党性修养强、意志坚如钢，我却看见“柳下惠”的皮袍里分明长着登徒子的辫子，只要送你“赵红霞”，你迟早会做“雷政富”；甚至，只需随便撒出一叠移花接木、无中生有的合成艳照，也能击中那么几根软肋。前者可称之为“种下‘情人’，长出钞票”；后者干脆就是“冒充‘情人’，冒出钞票”。

而与“冒充情人”相映成趣的另一类骗局，则是“冒充领导”乃至“冒充高层”。许多人都接到过“我是某某领导，明天到我办公室来一趟”的诈骗电话，久而久之，地球人都知道了：那是陷阱。可此类“小儿科”诈骗电话偏偏并未随之消失，可见这门“生意”依然有利可图。换言之，后脑勺长有“媚上”小辫子的人依然多得足以供养电话那头那些煞有介事的“领导”。至于几年前轰动一时的著名官场骗子赵锡永，更是足堪成为“骗界”的“励志楷模”——以“国务院研究室司长”甚至“副部级官员”的身份四处为地方经济“把脉”，骗遍辽、湘、滇、鲁、京、沪，获得了从省领导到市主官，从企业老总到专家学者的一致敬佩。直到案发，被骗者依然衷心承认他“作报告令人折服，引进的项目运转良好”，感叹“这么有才的一个人，没走正道可惜了”。换言之，凭个人素质实力，赵完全可以胜任其假冒“国字号领导”所做的那些事，为何非要匪夷所思地冒充“国务院官员”呢？是否因为他深知，越是官场中人，越是从骨子里就根深蒂固地长着“只重衣冠（头衔）不重人”的“心理小辫子”，若不借用“京官”大帽子，很难顺利取信于他们、实现自己“只想在退休前实实在在地做一些事”的“抱负”？

的确，就连识字不多的农民都知道，把自己“创造”成一个“联合国官员”，便可坐火车不给钱、骑摩托不带证，甚至闯进监狱颐指气使地提走在押犯人。

关于骗子的每则故事都貌似荒诞，却又自有其得以“生存”的现实逻辑——首先是对“权有制”现实的深刻洞察、对高级权力的“习惯性敬畏”，一旦自称高官，立即获得了“免于被怀疑的自由”。其次对项目、官位等的强烈渴求，强烈到恰似热恋中人，一看见所爱之物，立即眉开眼笑智商降到零。

但归根结底，还是在于对“潜规则”的迷信。例如，在“冒充高官”型的骗局中，骗与被骗双方都相信，“高级职务”一定可以带来“高级好处”；而在雷政富式“色诱官员”乃至“合成艳照敲诈”型的骗局中，骗子的“理论自信”与“道路自信”在于，认定“官员都是有缝的蛋”，要么已有桃色把柄，要么架不住桃色炸弹，只要功夫深，迟早入彀中。要怎样的权力生态，经历怎样的漫长浸染，才能熏陶出这样一套渗遍官场与民间的社会心理？

说到这里，不得不提一提同样弥漫于官场与民间的“黑暗森林猜疑链”。化用当代著名科幻小说作家刘慈欣在《三体2》中提出的宇宙社会学核心理论“黑暗森林法则”以及“猜疑链”概念，那就是，人人都认为，社会就是一座黑暗森林，在这片森林中，人人都很可能已在私下里不择手段，只不过大家都小心翼翼隐藏自己不被他人发现而已。信奉“黑暗森林法则”者最易被骗子抓住“辫子”，而“黑暗森林猜疑链”又给骗子提供了闪转腾挪的无限空间。这，算不算是文明社会的最大笑话？

（刊于《清风》2015年第9期，封面专题所配点评）

» 他们为什么打瞌睡

睡眠乃人体所需，瞌睡是人之常情。可一旦睡错了地方，就很有可能会“一举成名天下知”了。岁末年初，一组陕西榆林市下辖子洲县政协主席王某某仰头在市政协闭幕会上睡觉的图片传遍网络。根据当地一媒体人士的微博，1月8日会议开始后不到20分钟，王就睡着了，基本保持睡姿，直到会议结束（2013年1月10日《南方都市报》）。

又见“会场酣睡哥”。公众“貌似”匪夷所思，“假装”十分愤怒。可实际上谁不知道，把会场当睡场的现象从不罕见，甚至已成中国式会场一景。是何故？还是网友“曼谷的微笑”总结得好：“会场实在是太适合睡觉了，反正我是没出息地睡过一些会！”暖融融的空调，柔软舒适的沙发，这倒也罢了；致命的是，台上诸公念的基本都是无关紧要的“催眠稿”，尘世奔忙精疲力倦之余，一旦闯进如此好环境，拿什么来赶走瞌睡虫？难怪有人戏称：王的行为是“以睡觉抗议会议拖沓”。

可这世上，有很多会议是让人根本不敢睡也睡不着的。君不见香港超级区议会交锋、台湾领导人竞选辩论，哪个不是唇枪舌剑，高度紧张？英国地方议会里，议员们就财政预算案进行激辩时，就连五六十岁颤巍巍的老太太也语言犀利、反应敏捷，脑细胞全力以赴高速运转，见招拆招条理分明。就在“主席睡会事件”一个多月前，澳大利亚总理朱莉娅·吉拉德还在一段恶搞视频中调侃说：“我亲爱的澳大利亚同胞们，世界末日就要到来……（这）至少意味着我将不用再去参加议会质询了。”这一自嘲的背景就是，由于碳税法案和矿业暴利税法案得不到支持，下半年她多次到议会接受质询，饱受煎熬。

而“睡不着”的会场并非海外专利。十八大以来，中央领导频频要求会场“不准念稿”，王岐山还打断汇报者念稿，令一些官员很不适应；2012年12月底，温州政府部门年终述职全程由媒体同步直播，还有专家学者、媒体群众代表现场打分，令部分官员满头大汗。像这样的会议，谁敢睡，谁又睡得着？

政协委员的职责，主要是通过政协全体会议、常委会议等会议形式在决策之前和决策执行过程中就国计民生重要问题进行政治协商、民主监督和参政议政。而县政协主席在市政协会议上以酣睡终会，显然是一面镜子，折射出参政议政走过场的无奈现实。

而现实中，令人昏昏欲睡的岂止政协会议？没有唇枪舌剑、辩论交锋、问责纠劾来提神醒脑，倒有冬暖夏凉、温软舒适、冗长无物的念稿来催眠，你让与会者想不“睡会”都难。

可一群“群众皆醒他独睡”的“会睡哥”，如何承载得起

"民族复兴达62%"、"2049年超越美国"的重担？纵然会场上的官员、代表、委员们无须像西方议员那样通过竞选交锋来胜出、通过激烈辩论来履职，可倘若能像温州官员那样被直接置于公众监督和媒体监督之下，参会者芒刺在背、大汗淋漓还来不及，哪来本领公然"睡会"？

（刊于2013年1月14日《光明日报》。见报题为《只有唇枪舌剑才能拯救主席"会睡哥"》；中国网"观点中国"、中国新闻周刊评论中心、人民网等发布或转载时题为《参政议政走过场，会场怎不成"睡场"？》）

» 吴隐之：你的成功能否复制？

东晋有个“人民好公仆”，名叫吴隐之。其典型事迹大抵都和洁身自好、清廉从政有关，如“笑酌贪泉”（又称“饮贪泉而不贪”）和“卖狗嫁女”。

当时，广州出产奇珍，可既偏远又多瘴疫，只有穷困拮据想借地发财的人才肯前往，因此前后几任刺史都是贪渎之辈。朝廷为了革除此弊，任命著名廉政楷模吴隐之去做广州刺史。吴隐之走马上任，抵达广州近郊的贪泉。据说这泉水简直就是祸水，一喝就会生出无穷贪欲。还有人说，前任某刺史多年廉洁自爱，就因为喝了此水，成了大贪。吴隐之不信这个邪，舀了杯泉水当众一饮而尽，并赋诗一首，作为廉政承诺：“古人云此水，一歃怀千金。试使夷齐饮，终当不易心（古人说这泉水一沾唇就会贪婪无比，可要是让品行高洁的伯夷和叔齐喝下去，肯定不会改变本性）。”果然，他在任期间更加勤政廉政，除维持简单生活外，一切收入都上缴公库，只用青菜或干鱼下饭。

“卖狗嫁女”则发生在吴隐之给东晋名将谢石当主簿（主

管文书的幕僚）期间。主簿这官儿虽不大，却是“领导身边的人”；上司谢石炙手可热，又很关心他，吴隐之只要运用自己的地位和影响，怎么至于受穷。可他坚持操守且乐善好施，以致堂堂要员竟要卖了家里的狗才筹办得起女儿的嫁妆，难怪有人曾怀疑他矫情（“时人颇谓其矫，然亦终始不易”）。

有人说，上述故事充分说明：一个人能否保持清廉，关键还是在于自己，不能归咎于环境。可世事果真如此吗？吴隐之的确因德行出众而获得举荐，又因操守清廉而屡受朝廷嘉奖封赏；可他的成功，到底能在多大程度上被推广复制呢？这就得提到他生命中的第一个“贵人”了。

晋书记载，吴隐之有个好邻居——太常韩康伯，此君不但是玄学思想家，而且是未来的中央组织部部长（吏部尚书）；不仅如此，吴隐之极度孝顺父母的事迹被韩母看在眼里，喜在心上，她一再对康伯说：这孩子不错，将来你要是掌管国家官吏任用权，不提拔这样的好同志你提拔谁！果然，韩康伯担任吏部尚书后，吴隐之就被先后任命为辅国将军功曹、征虏将军参军事。试问，普天下有操守者如恒河沙数，可几人能有这样一个组织部长邻居呢？

而吴之所以成为名垂青史的廉政楷模，除了自身的确难能可贵之外，更有可能是时代的需要。换言之，适逢朝廷反腐大局，正好契合宣传工作需要。众所周知，两晋官风是相当腐败的，何曾父子日食万钱、王恺与石崇烧钱比阔等丑闻都发生在晋代。于是，朝廷亟须推出吴隐之这种孔繁森、焦裕禄式的好干部，让文武百官大张旗鼓地去学习。

可古往今来树立了那么多典型，何以始终遏止不住贪腐“野火烧不尽，春风吹又生”，跳不出“其兴也勃，其亡也忽”的黄宗羲周期律呢？

欲答此题，恐怕还得重温一下《吕氏春秋·察微篇》中那两个著名的例子——“子贡赎人”和“子路受牛”。孔子的学生子贡出钱赎回了流落异国为奴的鲁国同胞，按规定可以向政府领取补偿和奖励金，却“高风亮节”不要，于是孔子责备他阻挡了人们继续赎买奴隶的后路，说：真正有德行的人，做的善事应该让大多数百姓都能做得到，而不是抬高行善的门槛，这样才能移风易俗。另一个学生子路救了个落水者，获救者送他一头牛为谢，子路坦然收下。孔子高兴地说：太好了，受你的影响，今后见义勇为的人一定会更多了！

瞧，睿智的孔子早已看穿人性，悟出以下真理：榜样的力量是有限、有前提的；典型只能影响一小部分人，机制才能撬动一大批人。子贡、吴隐之式的先进模范好则好矣，只是常人难以企及，怎能推广？历史和现实都告诉我们：那种需要极高门槛才能做到的事，注定曲高和寡，对扭转整个社会风尚并无多大实效。因此，创机制远比树典型更重要；社会管理者需要做的，不是推出若干个门槛奇高的极端典型，号召人们牺牲自己的合法利益、合理诉求去追随，而是拿出一套“天才设计、傻瓜操作”的机制，抬高贪污腐化的成本，扫清廉洁从政的障碍。如此，“吴隐之”才会生生不息、遍地开花，而不只是孤零零地屹立在史册里，让凡人叹息“你的成功我难以复制”。

（刊于2013年3月2日《三晋都市报》，《杂文月刊》2013年5月下旬版）

» 病原依旧在，野火烧不焦

听媒体朋友在微博上喟叹：龙应台《野火集》，是值得我们反复温习的文字。赶紧找来一翻，试图重温当年拍案大呼“好一把锋利手术刀”的快感。谁知读着读着，竟生出几分迷惘。遥想这些文字问世时，台湾地区可谓正处于黎明前的黑暗——作家江南刚刚因为发表《蒋经国传》而被枪杀；而直到成书一年后，当局才解除实行了38年的戒严令，开放党禁、开放报禁。从那时算起，《野火集》传入大陆已近30年，可我怎么觉得，它解剖过的种种社会病灶依然在我们身边“笑傲江湖”，而它呐喊过的种种“疗救之道”却雷而不雨，隐而不现，从未走进“我家大门”？

例如，我们以为荒山刷绿漆是什么离奇的创意，以致今年7月媒体还大惊小怪于“云南宜良搞绿化要求路边坟墓刷绿漆，不刷就炸坟”；殊不知，早在1985年，龙应台就讽刺过当时台湾地区“绿化运动”的自欺欺人：“把树林都砍了，水泥铺上去，再用绿色的油漆把水泥涂绿”（《不要遮住我的阳光》）。读到这里，我简直要惊呼失声了：原来，他们敢情都是向应台先生学来的？原来，这东西之所以还能成为新闻，只不过证明大家孤陋寡闻，没读过《野火集》？

我们依然在“造个（孔子）大铜像来自我陶醉”，藉以遮掩文化危机和社会问题；我们依然将下一代“生活上‘抱着走’、课业上‘赶着走’、思想上‘骑着走’”，一边痛心疾首于他们不能独立、不能创新、不敢质疑，一边又给他们戴上重重思想镣铐，以免“对我们的权威造成威胁”；我们的有识之士依然在争论，对于“恶法”，到底该像苏格拉底一样坚决遵守，还是像梭罗一样立即抵制；我们依然在“为了现在多赚几毛钱，疯狂地、忘形地追求所谓的‘经济成长’，而横行肆虐，把青山毁掉，把绿水弄浑，在泥土里掺毒”；…… 总之，我们脚下这片土地，依然像是“生了梅毒的母亲”；二三十年前的许多句子，简直可以直接改个日期用作今日时评。

骂自由他骂，我还是峭然——这是怎样一个停滞的世界！借用一句段子，如果当初“野火”燃起的惊喜是个双黄蛋，那么今日重读“野火”滋生的绝望就是一盒双黄连。

事实上，有此境遇的，又何止一本《野火集》？清代吴敬梓的《儒林外史》，以生动形象的笔墨逼真地反映了一个晦暗扭曲的社会，据说，卧闲草堂刻本就曾如此评论：“慎勿读《儒林外史》，读竟，乃觉日用酬酢之间，无往而非《儒林外史》。”（别轻易读《儒林外史》啊，读罢会让我们觉得自己的一举一动都是书中讽刺过的！）许多东西，你在书中读到过对它最深刻的批判、最恶劣的名声，可一转身就发现，它时时刻刻都环绕在你周围，那么具体、神气，那么牢不可破；而另一些东西，你在生活中被它“撞了一下腰”，义愤填膺，痛心疾首，之后忽然在某本旧书中读到它，竟是古已有之，而非什么新鲜事。于是，读书愈多，愈觉无力；于是，你大彻大悟：原来，我们只是活在前人的笔触里。

君应有悟：文章似流水，陋习如磐石；流水匆匆逝，磐石无转移。任你蓬蓬勃勃的野火，只是烧它不焦，是何故?

或曰：因为年少时在书山题海中疲于奔命，根本就无法穿透教科书布下的浓雾阵，去沐浴课本以外浩如烟海的智慧结晶、思想精华之光芒；或曰：因为书生只有一支饱受掣肘的秃笔，就算有心布道，也无力翻出“老大哥”的手掌心；或曰：因为一次次封锁、淹没加过滤，举凡不合宣传需要之论，无论是怎样的真知灼见，都只能小众化、边缘化直至默默凋零，又拿什么来广为传播、传承？……哦，申明一下：本段说的是中世纪；我们文明社会，不搞这一套的。谁谓不是，得到的只有锁链，失去的将是整个世界。

（节选版刊于2010年12月9日《杂文报》，完整版发于2010年10月27日“红辣椒评论”）

» “买书如山倒，读书如抽丝”

深夜持书逛网（假装读书，实则逛网），忽见一位基本不聊的Q友挂出这十个字，让我直欲废书大笑，却又只能强行憋住，怕吵醒家人。将“病来如山倒，病去如抽丝”生生改出这等百读不厌的“笑”果，把玩文字随心所欲、状写人生机智轻松，活脱脱一枚天才幽默大师啊！妙的是一语成“针”，点穴奇准，正中本人积弊。

是啊，我们如饥似渴、无比贪婪，四处搜求、八方出手，仿佛将书占为己有就等于把书中知识直接复制粘贴到了自家脑海里。如本人，千方百计搜罗了什么《纽约时报晚清观察记》，什么《帝国落日——晚清大变局》，什么《正义论》，《胡适杂忆》，《经济学的争议》，《中国历代政治得失》，《中国官僚政治研究》，……诸如此类。貌似篇幅有长有短、内容有肥有瘦，品种有经济杂谈、有历史解读、有政论随笔、有哲学思辨，风格有一本正经的正餐、有轻松易食的“点心”。三五年下来，不觉也积累了一小橱，顺便还把床头枕下塞得“环头皆书”。

可其实——为弥补心中积愧，我还是招了吧：搜书读书，于我恰似人间爱情。从最初的一见倾心仰慕不可得，到上穷碧落下阎浮，“众里寻他千百度”，再到“蓦然回首，那书却在灯火阑珊处”。大喜过望、如愿以偿、如获至宝，小心翼翼捧回家中，接着，匆匆翻了几页便束之高阁；甚至来不及一亲芳泽，即已被另一合脾对胃的新书吸引了眼球。从此只闻新书笑，哪知旧书哭；更哪堪新书只“新”三分钟，书若有情书亦老！倘若这样也算“爱书”，那圈占三宫六院的历代帝王，岂非都成了爱护女性的大模范？

问世间何物最珍贵？佛曰：“未得到”和“已失去”。而我们习惯于得之即弃之，于是万物皆成为“易失去”。我们以为收入囊中便高枕无忧、想几时读就几时读，却忘了“读书”这事儿远非只有“书籍”这么一个要素，还需要“可用于读书的时间”；两相比较，“易失去”的岂止是书，更有可能是“时间”。

因为不懂得，所以不慈悲。于是乎，许多书只知其前半部分甚至仅及开篇，恰似娶回美女却目光只及其鼻梁以上便已移情而去；于是乎，渴望已久的阅读体验，多沦为虎头蛇尾的“烂尾楼”。虽有一些例外，如《停滞的帝国》，《民主的细节》，《大江大海》，《你的西域，我的东土》，《天葬》，《寻找生命的意义》，周普生的《近看英国》，……然而比之橱中群书，已读者何啻沧海一粟！

动画版《西游记》中，朱紫国国王患病，孙悟空临阵磨枪把一本医书吃下去，立马就成了起死回生的神医。这一幕当年看得我垂涎欲滴无比艳羡，可咱们哪个是悟空呢？唉！东游西逛又一年，人生能得几春秋？

那天，我将以下字句作为QQ签名：“当前最大的矛盾是时间心力有限与值得一读的好书却无限之间的矛盾”，旋即有乳臭未干的小鬼们点评：要有所取舍，有所为有所不为！又有人将某牛人的名言抄送过来：“与其围绕十个问题读一百本书,不如围绕一个问题读十本书。”振聋发聩呵！更有辣语如题，催人自省：兄弟，娶回就得负责，在人类将眼睛变成扫描仪、睫毛变成USB连接线、大脑变成内存芯片之前，好书尚未多读，同志仍需努力啊！

（刊于2012年3月29日《济南时报》；节选版刊于2012年4月13日《闽西日报·生活专刊》）

» "只许关心官场，不许关心政治"

某日，与友人提及自己喜欢的几位知名作者，友人谓：彼等提笔便是政、经、文、史、哲，过于关心政治，这样不好。听罢，一愣之余，蓦地想起老舍《茶馆》里高悬的那四个大字："莫谈国是"。一匾既悬，满屋肃杀，好一个"此时无声胜有声"！我就纳闷：这"政治"或谓"国是"到底是什么东东，竟比梅毒、淋病还肮脏，比炭疽、非典还厉害，摸不着、碰不得？有高人调侃：此言差矣！众所周知，"是"就是正面的肯定嘛，"国是"自然也就代表着咱光彩照人、值得肯定的一面了，你说"莫谈国是"，难道"只谈国否"，天天自曝家丑？这分明是立场不清、方向不明、政治不正确嘛，真正的爱国者应该"大谈国是，莫谈国否"！……高人自然只是戏言，但举国信奉"莫谈国是"，人人以"我不关心政治"为荣，却是一个不争的事实。

那么，政治又是什么东西呢？按孙中山的说法，"政就是众人的事，治就是管理"，政治的本义并非夺权游戏，而是公共事务的管理；按顾炎武的说法，"天下兴亡，匹夫有责"，政治原本既不肮脏也不血腥，它只不过是一个公民对于公共事务应尽的一份责任。容我打个比方：倘若自家门庭的卫生属于私事，那么公共楼梯的卫生就属于政治。因此，谁来值日扫楼梯、给他开多少工资、工资如何筹措、扫楼梯的业绩怎样评估、扫得不好能不能换人，凡此种种，自然就与该楼道的每一个住户都有关了，怎能以一句“我不关心楼道”为由躲开？宣称“不关心楼道卫生”，要么是不拿自己当本楼主人，要么是把楼道卫生视为从天而降无须争取；当然，在按时交纳垃圾清扫费的前提下，别人倒也无权置喙、无须抨击，但肯定不是什么值得崇尚的美德。而今“关心楼道卫生”被视为“狗咬耗子”，甚至涉嫌居心叵测、妄图颠覆楼道清洁工们的饭碗；“不关心楼道卫生”反倒成了高洁出尘的象征、优雅产品的标签，人人争而贴之。那么，过道广场垃圾翻飞、大街小巷随地吐痰、当众被抢无人救助，凡此种种，也就不足为奇了。

可我们真的都高洁出尘、“不关心政治”吗？倘若果真不关心，官场小说何以持续热销，宫闱秘闻何以从古到今、从闾巷到衙门广受欢迎？而国人津津乐道的所谓“政治”，基本上等同于谁上谁下、谁是谁的后台之类的官场传闻，可见“不关心政治”并非全貌，“不关心政治、只关心官场”才是真正的“国情”。

“关心政治”为何遭到官方与民间联手唾弃，只剩下赤裸裸的“关心官场”？这倒也不难理解。因为，“关心政治”和“关心官场”是有本质区别的：前者属于理想主义情怀，后者出于现实主义需要，而“现实”总是比“理想”更具繁衍能力的；前者需要思想，后者只需要欲望，而思想是“稳定”的大敌，欲望则是“胡萝卜加大棒”之所以能奏效的药引子。“关心官场”者多半成为官场后备军或权力指挥棒下临渊羡鱼的“臣民”，“关心政治”者则往往作为早产的“公民”而进了思想犯的监狱。二者判若云泥的际遇，又令更多的聪明人有了取舍的理由。

大家都如此聪明，唯独忘了“官场”固然只是权力游戏策源地，可“政治”却不仅仅只是官场中人的事，它还与每一个人的衣、食、住、行、娱息息相关。例如，我的房子，谁才有权决定拆或不拆？我爱穿喇叭裤、烫卷发、听摇滚乐，这算不算大逆不道、心向蛮夷、其罪当诛？我买不起轿车，只能以电动车代步，“楼道清洁工”们是否有权以“电动车占了楼道空间”、“不便清扫”为由禁止我买电动车、禁止我已买之车上路，甚至扬言要将它收缴销毁？……凡此种种，谁又能将“公权”与“私域”截然分开，在“家门”与“楼道”之间筑起一道安全的防火墙。

“不关心政治”折射的是“不愿负主人之责”；“只关注官场”折射的则是“只愿享主人之利”。二者连起来，反映的就是“我不想当什么劳心费力的主人，但我想弄明白怎样才能当老爷以分一杯羹”。泱泱大国，亿兆人奉此为立身处世的圣经，不以为哀、反以为荣，谁不如此，辄疑之、讽之——这与公民社会的要求相去何止十万八千里！于此，侈谈什么领导全球、问鼎诺奖，岂非痴人说梦。

（刊于2010年3月12日《杂文报》，2010年3月14日《湘声报》，《徐州杂文》2013年第4期；入选南京大学出版社“杂文报30年文丛”主卷一《笔落惊风雨：杂文报杂文选2002—2012》）

开卷有思

» 最底层的竹子

世上没有无缘无故的行善，也没有无缘无故的作恶。人无论做什么事，总有自己的理由。但恶行几乎每时每刻都在这个星球的不同角落发生。那么，是什么信念在支撑着作恶者呢？柏林墙倒塌后，守墙卫兵亨里奇因开枪射杀逃亡者而被送上审判席。他辩解说，自己是奉命行事，不得不为。但法官仍然判他有罪，理由是：作为警察，不执行上级命令是有罪的，但打不准是无罪的。你或许没有不开枪的自主权，但有把枪口抬高一厘米的自主权。后来，人们将之称为“一厘米主权”，说的就是，哪怕是在恶制度的夹缝里，也应该尽可能设法恪守人性善的底线。可是，在恶的制度下，是否每个人都知道该放人一条生路呢？又有多少人，坚定不移地相信，“革命不是请客吃饭，不能那么温文尔雅”，对待“敌人”、“坏人”就应该不择手段，不能有丝毫怜悯，只有从肉体上消灭，才是对“国家”忠诚、对“人民”负责？

对于这个问题，澳洲的比尔看得最清楚。

1942年2月，日军攻打新加坡，十万人的英澳印联军一周内就溃不成军，全数被俘。丘吉尔悲愤地称之为英国史上一次最大规模的投降、最惨重的灾难。十六岁的比尔就是其中一名战俘。他被押送到北婆罗洲首府山打根，关进热带丛林里的俘虏营。战后，山打根俘虏营成为残酷虐俘的象征。无数战俘被活活虐杀，“每天早上都有尸体被拖出去”；还有无数战俘在日军战败前夕被依令处决。比尔大难不死，侥幸活下来了。

后来，白发苍苍的比尔受访时告诉龙应台，他印象最深的是，监视他的那些“福摩萨”籍士兵年龄太小，个子小，力气不够，抽打他时抓不稳藤条，用力不足，使他得以死里逃生。龙应台问：“有没有可能，是这几个监视员故意放你一马呢？”

“很难说，”他回答。他比喻道：制度、价值观和意识形态对人的操弄，“就像是把一根树枝绑到一个特定的方向和位置，让它扭曲生长成某个形状。但我相信，人性像你们东方的竹子，是有韧性的，你一松绑，它就会弹回来；但是呢，如果你被压在最底层的话，那可是怎么挣扎都出不来的。”比尔没有说的是，最底层的竹子，如果从小就被扭曲着绑定在那儿，那么久而久之就会固化定型成园丁为它设计的那个模样，即使出来，即使松绑，也长不回原来的样子了。恰似一滴酒，再也变不回最初的葡萄。

那么，园丁们是用哪些绳索来扭绑这些竹子，使其按自己需要的方向和角度生长并为己所用呢？

龙应台在《大江大海，一九四九》中截取了一些鲜为人知的历史画面。

太平洋战争爆发后，日军“陆军特别志愿兵”需要在当时的殖民地台湾地区招兵。此时，台湾地区已在日本统治下度过了近50年。50年足以改变很多。长期“皇民教育”过程中，台湾地区原有的流行歌谣一首首被填上“新词”，譬如少女怀春的《雨夜花》，被改成《荣誉的军夫》，歌词改为“如要凋谢，必做樱花”，“赋予天皇，我的生命，为着国家，不会怜惜”之类。无数热血青年以“参军卫国”为最高荣耀，热泪盈眶地高唱“历史芬芳五十年，战死做神尽本分，建立武功在南方”。日本军部首期只招1000名士兵，却有42万人涌来报名；第二期也只招1000个名额，报名角逐者多达60万人，还有许多青年呈上血书以表为国牺牲的强烈决心。有幸被录取的，光宗耀祖，荣及乡里；未被录取的，竟有人因满腔抱负受挫而幽愤自杀。蔡新宗、柯景星就是其中两名“幸运儿”，风风光光地入了伍，被派到南洋去做“战俘营监视员”，替日军看管盟军战俘。可令他们大吃一惊的是，入伍后的第一课，就是学习如何打耳光。两排新兵面对面站立，互打耳光，打得重、打得准，才算及格。以后的“俘虏管理技能”内容更为残酷，诸如用藤条抽、刺刀刺、枪托打、军刀砍、吊在树上任热带毒虫叮咬，等等。谁会说这些是作恶？那是“报效祖国”的具体方式啊。

事实证明，日军这套“爱国主义教育”极其重要，正是它，使这些热血青少年们大行凶残之事而心理不崩溃，良心无负担；甚至战败被盟军军事法庭宣判死刑后，还笑呵呵地对其他战友说："哎，我去了，祖国的复兴就拜托你们了！"

龙应台还读到了一个23岁日本兵在第二次世界大战中写下的日记，这个日本兵大概叫作田村吉胜。日记160多页，从1943年4月到12月，随后突然中断，显然他第二天就死了。他记下了自己怎样在南太平洋新几内亚丛林战壕里聆听鸟儿鸣叫、想念故乡、盼望家书、思慕故乡的一名少女。写得非常美，满含憧憬，甚至稚气未脱，分明是天真烂漫的邻家少年，实在无法和一个凶残暴虐的日本兵画上等号。可事实上他就是那架庞大无比的"战争绞肉机"上的一枚螺丝钉。这些日记只不过是"人性"这根"竹子"在杀人间隙里偶尔下意识地反弹，而他，终究只能在杀人机器的岗位上直到生命的尽头。

而我们，又何尝不是这样一些竹子？所不同的只是，过去我们残杀彼此的身体，今天我们互相指责、互相鄙视，用"脑残"、"被愚民"等词汇居高临下地残杀彼此的心灵。怒不可遏时，我们忘了暂停三秒钟，想一想——他也只是一株"最底层的竹子"，他没有办法自己挣脱从小就绑在身上的那些绳索与巨石；甚至，即使你帮他搬开巨石、铰断绳子，他也已经定型，再也无法成为挺拔夭矫的山野之竹。所以，请你，少一些诅咒，多一些悲悯；少一些决绝，多一些耐心，多一些温和与坚韧。

（刊于2011年2月17日《济南时报》"历下亭"，2011年3月1日《杂文报》5版"文化沉思"；2011年3月15日《作家文摘》、《青年文摘》2011年第9期、《杂文选刊》中旬版2011

年8月25日、《新一代》2011年第6期，《特别关注·爱你》杂志总第65期，南京《雨花》2014年第4期等先后转载；入选长江文艺出版社《2011年度中国杂文精选》、《青年文摘》图书中心主编的精华选本《生命灿烂如花》）

» 多希望你能和我一起读懂弗兰克尔

之所以想起弗兰克尔，是因为一些令人痛心的消息不绝于耳——北大新生冯昊（化名）入学三周即自缢；中国音乐学院附中8名学生被劝退后相约集体自杀；广东电白3名小学生相约喝下农药；江西九江3名小学女生相约跳楼；……有个叫“玫瑰初相遇”的论坛，专门盘点2011年大学生自杀事件，到5月份已达四十多例；搜狐教育频道则贴出一张张轻生现场的惨淡图片。当然，与庞大的学生总数相比，这些案例只占极少数；可对于他们的父母家人而言，每一例都是致命的打击啊！

我不想过于责备“冯昊”们。我曾多次触摸过那些在绝望中彷徨的年轻灵魂，他们的烦恼五花八门：除了常见的功课压力、就业压力外，还有减肥失败、学校饭菜不合口、怀疑父母不爱自己等；英国一女孩则自感“丑陋无比”而多次轻生。这些理由，已不是“减压”二字所能覆盖的了——谁能保证饭菜适合每一个人呢？谁能保证人人都拥有称心如意的身材五官？谁能保证一辈子不受半点挫折？可是，无论“冯昊”们轻生的理由在外人看来有多荒谬，他们自己无疑确确实实地感受到了巨大的困惑和痛苦。当他选择以死来寻求解脱时，那一定是觉得除此以外再也没有别的路可走了。在那一瞬间，他完全否定了自己存在的意义，否认自己有必要活着。

可是，孩子，我只想问两个问题：其一，你想过最疼你、爱你的爸妈吗？你想过中年丧子（女）而痛不欲生、老年无子（女）而晚景凄凉的父母吗？你是否明白，生命如此珍贵，它不仅仅属于你一个人，哪怕不为自己而活，哪怕只是为了那些在乎你、疼爱你的人，又怎能以“逃避”来谋求一己的“解脱”，将痛苦、孤寂留给身后最离不开自己的人呢？这是洒脱，还是残忍？其二，你读过弗兰克尔吗？你是否愿意拿出十几分钟，去聆听一颗历尽苦难、九死一生的灵魂，听他说说，人为何值得活下去？

1942年，一位名叫维克多·弗兰克尔的犹太心理医生被纳粹关进奥斯维辛集中营。入营第一道关，就是由一名长官对每个俘虏看一眼，然后往左或者往右一指，大约90%的俘虏就这样被分到了左边的队列。弗兰克尔和大家一样已经蓬头垢面，虚弱憔悴，完全是靠意志硬撑着奋力站直，显得还有那么一点劳动力可供榨取，侥幸被分到了右边。当晚，他向老俘虏打听左边那列的去向，因为他的同行兼好友潘先生被归到左边去了。老俘虏指着不远处一支烟囱里的袅袅青烟说：“你的朋友就在那里。他飘到天堂去了。”原来，被排到左边的人，意味着无力工作或有病在身，直接送进了火葬场，几个钟头内立刻处决。

集中营的精神侮辱和肉体折磨，比任何噩梦都更可怕，只有死才能解脱，因此，每个人差不多都有过自杀的念头。除了一息尚存，弗兰克尔失去了一切：他的双亲、哥哥、妻子，不是死在牢营就是被送进煤气间；他的灵魂之子——呕心沥血写出的第一部书稿被毁；就连这孑然一身，也随时会被夺走。他只剩下唯一的自由，那就是，他可以选择以何种态度去面对苦难。弗兰克尔为何没有自杀？源于他与生俱来的好奇心，他想知道，情况到底能坏到怎样的程度；他开始把所受的苦难当成一项有趣的心理学研究课题，幻想在宽敞明亮而温暖的演讲厅里，报告集中营俘虏的心理学反应及其原因，幻想与心爱的妻子对话，以此来超越集中营的苦难。

弗兰克尔活下来了，而且创立了除弗洛伊德、阿德勒之外的维也纳第三心理治疗学派“意义治疗学”，致力于告诉苦恼中的人们：每一个生命都有价值，每一种境遇都有意义。他有一段话广受推崇：“忙碌而积极的生活，使人有机会了解创造性工作的价值；悠闲而退隐的生活，则使人有机会体验美、艺术或大自然，并引为成就；至于既乏创意、又不悠闲的生活，也有其目的：它使人有机会提升其人格情操，并在备受外力局限的情境下选择其生活态度。但人世间有意义的，并非只有创造和悠闲。如果人生真有意义，痛苦也应该有其意义。痛苦正如命运和死亡一样，是生命中无法抹杀的组成部分，没有痛苦和死亡，生命就不完整。”

我为何而活？我为何忍受种种折辱？除了上述回答，更著名的还有伯特兰·罗素的话："三种简单而压倒一切的情感，支配了我的一生：对爱情的渴望；对知识的渴求；对人类苦难不可遏制的同情。这三种激情如阵阵飓风，吹拂在我动荡不定的生涯中，有时甚至吹过深沉痛苦的海洋，直抵绝望的边缘。……爱情与知识，总是引领我直抵美好的天堂之境；可对人类苦难的同情又把我带回现实世界。我渴望能尽微薄之力去减轻这些不幸，却无能为力，为此深感痛苦。这就是我的一生，我发现这一生是值得活的。如果有谁再给我一次生活的机会，我将欣然接受这难得的赐予。"

身为芸芸众生，倘若我们达不到罗素的"三种激情"，我们为什么同样要活下去？为什么没有在人生的第一个难关就畏难而自尽？卑之无甚高论，也许是为了某项未竟的目标，也许是为了身边离不开你的那些人——起初是为了父母，不忍让他们承受丧子（女）之痛；后来是为了孩子，不忍见他（她）沦为单亲孩子或孤儿；年轻时，为了干事创业的抱负；年老时，为了给儿女树立一个冰雪压不服、挫折打不倒的坚韧榜样，为了不负上苍送自己人世一游的美意，欣然走完人生之旅，哪怕已只剩下难于上青天的蜀道和华山最险峰；……活下去的理由，还可以有很多很多；而永不选择自戕的理由，只需一个便已足够：父母生我不易，生命只有一次。即使全世界都不在乎你，你也永远是他们的无价之宝，不可替代、不可或缺。你并非一无价值。

我常把自己看成天地间的一个游客，告诉自己，路途中的一切疲惫都不会毫无意义，上苍派我到此一游，就是为了将夏花之绚丽、秋叶之静美、顶峰之辽远、谷底之幽深一一看尽，好好观察体会，怎么舍得半途而废？恰似尼采所言，“参透‘为何’，才能迎接‘任何’”。明白了为何活着，哪怕尘世之苦排山倒海而来，也可以微笑着迎接它，直到死神带走最后一口呼吸，在闭上眼睛的一瞬，还可以回味陀思妥耶夫斯基的话：“我只害怕一件事——我怕我配不上自己所受的痛苦。”

如果你看不到生的意义，在想到“死”字之前，我诚恳地建议：读一读弗兰克尔，读一读罗素，你会更清楚——我们为何而活？为什么，我会如此渴望着你能陪我一起读懂弗兰克尔？

（刊于2011年 11月4日 《杂文报》；入选南京大学出版社“杂文报30年文丛”主卷一《笔落惊风雨：杂文报杂文选2002-2012》）

» 不过是早生了两千年

说实话，当初之所以放下手头其他书籍，一口气读完肖仁福的《万人之上》，很大程度上是被其封面“中国式从政智慧”以及“公务员必读从政谋略小说”等字眼吸引来的。作为丛林社会里一只倍感无力的羔羊，忽然听说有一本武功秘笈可以让自己瞬间变身为狮、虎、象，焉能不怦然心动？可读了几个章节就发现，这两句广告词实属莫大的误导——无论你的求知欲或好奇心有多强烈，倘若真将它当成官场谋略教材或黑幕秘闻宫斗剧来读，你，注定要大失所望了：它，根本就“不解渴”。

这本小说没有新披露什么罕见史料，也没有提供任何“你所不知道的霍光”、编织“你所不知道的权争与宫斗”；相反，它所有的情节起伏，几乎都可以在既有史籍中找到，甚至，维基百科“霍光”项下的内容，已足以构就其脉络。那是以当代最时新语言，以调侃式语气道出的西汉旧事，从某种程度上可以说是一杯既无新知也无波澜的白开水。可是，轻松读完，心头却浮起了维基或百度都无法激起的一连串叹惋。

为什么，一个才识超群、胆略出众的俊杰，却永远只能为别人打工，哪怕人家只是一个无力驾驭任何局面、处置任何朝政的八岁孩子，甚至只是一个胡作非为的纨绔子弟，你也无权和他“费厄泼赖”、公然PK一下，看那个岗位谁更有才德居之？为什么，你勤勉地帮人看家护院抚孤育雏好几代之后，却连自己的身家性命能否保全都得看别人脸色，而无法求得一个靠得住的安全承诺？从汉武帝驾崩算起，霍光大权独揽26年，主少臣强，他有无数机会可以下手取而代之；既然直到老死都没有下手，为什么，还是逃不开以“谋反”罪名而被灭族的滔天大祸？……作者在《后记》中如此作答：“千古一理，极权没有最后的赢家。”

汉宣帝芒刺在背、必欲除霍氏而后快，是因为恐惧，对霍光手中强权的恐惧，对于强权之下哪怕贵为皇帝也有可能成为“昌邑王第二”的巨大恐惧；而霍光临终久久不肯闭眼，同样是因为恐惧，对一旦松开掌权之手后家族安危存亡的恐惧。极权之下，人人互为陷阱，你不安全，我也不安全，种种倾轧、杀戮由此而生。

霍光之所以成其为霍光，无疑是拜权谋所赐，是极权制度，成就了这位互害生态下如鱼得水的弄潮儿；可霍氏一族之所以在霍光成全了昭宣中兴之后竟未能“活着看到明天的太阳升起”，同样是拜权谋所赐，中了极权的“胎毒”。真可谓“成也极权，败也极权”。

可是，大胆假设一下，假如霍光出生在人人有权依法参选、靠自己的本领与魅力来问鼎心仪岗位的当代民主法治国度，凭他的出众禀赋，胜算并不比一个名将幼弟在西汉时跻身麒麟阁的概率更低，却完全可以不必有身家性命之忧；在法律和制度织就的“权力之笼”里，他也无法纵容族人“党亲连体，盘踞朝廷”，犯下种种骑虎难下之罪错，又何至于举族灭绝？

读至此，废书慨叹：原来，霍光之悲，不过是早生了两千年！两千余年前，那个决断他人生死而临终又为自家安全揪心到久久不能瞑目、要靠女儿的谎言才敢撒手尘寰的极权人物，何曾想到，并非每一种“万人之上”都得沾满血腥，今天这个世界，竟然还可以有另一种多赢的选择？而他更想不到的是，两千多年后的世界，分明有了更好的选择，可要挣脱密室政治的魔掌，让所有才德过人、胆略出众之士都可以光明正大地靠自己的真才实学屹立于庙堂，却依然任重而道远。

（刊于2013年5月31日《湘声报》）

» 三个“医生”，一面“镜子”

说到“医患”关系，跃入脑海的首先是这样一些经典镜头：要么诚惶诚恐求医问药；要么志满意得收受红包；要么医死了人对簿公堂。可世上偏有这么一种情况：分明已四面漏风、八方透气，患者却坚信自己身强体壮举世无双；不但他本人坚信自己没病，而且他身边的亲朋好友异口同声咬定他没问题，并群起指责那战战兢兢的医生，直欲千刀万剐之而后快。当此际，沉疴在身的，就不是某一两个人，而是整个族群，整个机制了。

话说一两百年前的清代，至少先后有过三个“医生”，不但诊断出这个貌似巨人的王朝已成朽木，而且嗅到这套号称“文明”的意识形态已经病入膏肓。而这三个“医生”的命运却大不相同。

第一个“医生”，是乾隆年间英国的访华使节马戛尔尼。1793年，马戛尔尼奉命率团出使中国，想给当时已经陷入死胡同的中英贸易觅一条生路；清政府却认为是远方的野蛮人来朝贡和效忠。马戛尔尼精心挑选了最能展现西方科技实力的仪器、现代武器，主人却视若敝屣。这是一面镜子，清晰地照出了大清帝国的舵手和水手们已是重度“视听障碍”。可人家根本不觉得自己有恙，只怪医生没看到自己那强健的肌肉。于是，清军举行了声势浩大的军事操演，试图展示武力以吓退英国人。可马戛尔尼们一看那破败的城墙，原始的装备，立即断定：中国已经是一个“停滞的帝国”；在这里可以轻而易举地登陆；“只消几艘英国战舰便能消灭整个海军，只需半个夏天就可以摧毁中国沿海的所有船只”。五十年后的鸦片战争，后世评论者都说英方是因为船坚炮利而获胜，可谁又能否认，更重要的原因在于这是一场“千里眼”和“睁眼瞎”之间的角斗？

第二、第三个“医生”的故事大同小异。前者是道光年间的官员徐继畬。他广泛搜集资料，采访西方官民，写成了《瀛寰志略》，介绍海外形势与各国风土人情，包括西方的科学技术、民主制度、对列国的比较点评等。该书传到日本后受到广泛重视，一定程度上成为明治维新的指南针；可在自己的祖国却遭到朝野联合围剿，三年后徐被免去巡抚之职。

第三个“医生”是中华首任驻外使节郭嵩焘。1877年起，郭嵩焘任清政府驻英法公使，奉命将沿途的日记编印为《使西纪程》，对西方十几国的基本情况及富强之道详加介绍，包括土耳其开始设立议会、西方人新发明的电话等，尽可能让国人睁眼看世界。这无疑又是一剂醒脑明目的良药。然而，此书一出，不但朝廷申斥、书稿毁版，官员弹劾他“有二心，欲对英吉利称臣”，而且他家乡湖南湘阴的百姓和士绅们也群情激奋，贴出大字报辱骂他“勾通洋人”，要开除他的省籍，甚至扬言要砸了郭宅。

“方生”与“未死”之际，先行者的命运，其实大体可以折射出整个族群的兴衰。就像一个病人，是冷静接受医生的忠告还是拔剑暴怒不由分说杀死医生，直接决定了他自己是走向痊愈还是就此毒发身亡。综观三个“医生”的际遇，同样是出使异域，同样是具有国际视野、洞悉敌我优劣、深知一国积弊并且试图开出药方，马戛尔尼回国后，整个使团，甚至随行的跟班都成了出版商的宠儿，马氏自己更是成为外交名人，他们的日记、回忆录等畅销一空；而徐继畬、郭嵩焘则被自己的同胞众口交骂，官民共讨。犹如一个人派老婆去邻居家做客，老婆回来后说了声他们家媳妇做的菜好吃，这人立即认定老婆与邻家男人有奸情，不由分说将她沉了潭。这样一个生理不全、心理扭曲而又讳疾仇医的机体，不挨打、不溃亡，更待如何。

可悲的是，这一怪症并未随着清王朝一道覆亡。这，又何尝不是整个机体“寡人有疾”的缘故?

（刊于2011年5月26日《北海晚报》“林永芳专栏”，《杂文选刊》下旬版2011年第7期转载，入选长江文艺出版社《2011年度中国杂文精选》）

»　“百炼成狼”

多年前看过一部美国奇幻片，说的是西洋某君身患怪症，万圣节之夜，只要有野狼对月嗥叫，他就会浑身长毛、生出尖牙利齿，瞬间就变成一只嗜血的恶狼，见人就吃，连至亲至爱的家人也不放过，浑然忘却本来面目。其实，人变成狼，有时真的就在转瞬之间。

明末史家张岱记载，明崇祯三年（1630年），袁崇焕被处以磔刑（分裂肢体）并弃尸于市之后，京城百姓出于对所谓“奸贼”的切齿仇恨，一拥而上，争食其肉，其情其状，惨烈莫名：“刽子手割一块肉，百姓付钱，取之生食。顷间肉已沽清。再开膛出五脏，截寸而沽。百姓买得，和烧酒生吞，血流齿颊。”（《石匮书》）茹毛饮血，同类相残，非狼性十足而不能解。

再看那位曾经“横刀立马”、百战成功的彭大将军，一旦落入红卫兵之手，后者又是如何对待他？“一群红卫兵围上去，对这位年已69岁的老人连续地侮辱打骂，还向躺在地上不能动的彭德怀腰部狠狠地踢去，他‘唉’一声就昏迷过去了。……肋骨被打断了两根。”“当时患了皮肤病，浑身都是红肿的斑块，有的还溃烂化脓成疮，刺痒疼痛。”“患了直肠癌，左侧偏瘫，连坐都坐不起来了。……癌细胞转移，已扩散到了肺部、脑部，引起身体剧烈疼痛。”一群年轻力壮的红卫兵，对一个风烛残年且饱受病痛折磨的老人拳打脚踢，这得需要怎样的铁石心肠！在这里，依然只见狼性，不见人性。

无论人之初到底是“性本善”还是“性本恶”，我始终坚信，既然是人，对于同类的痛苦总免不了会有一丝自然而然的同情和悲悯；要让这种悲悯荡然无存而在心田种上残暴之草，必须有另一种信念作为营养，作为支撑。北京百姓吃袁崇焕的肉也好，红卫兵将老人往死里殴打也罢，必定有一种力量支撑着他们这么做。那么，是什么在激励着人们理直气壮地吃人而不内疚，甚至反以为天经地义呢？还是先重温一个故事吧。

战国时，晋灵公很厌恶那个总是不识时务地劝谏他的赵盾。宠臣屠岸贾为了给主子分忧，让人照着赵盾的样子做了一个木偶，每天在木偶胸前挂一块鲜肉，让自己家那只名叫灵獒的狼狗扑食，如此训练了一个月。一天，在朝堂上，屠岸贾当众禀奏：“外国送来神犬‘灵獒’，能辨出忠臣、奸臣。”灵公会意，命令将灵獒牵到金殿上，试辨忠奸。已经饿了三天没吃任何东西的恶狗，上殿看见赵盾，就挣开铁锁猛扑上去……

牲畜本无知，朝堂上那么多人，灵獒为何铁定会瞄准国君的眼中钉下口？当然是长期训练的结果。此法训练成功的要诀在于，一是绝不能让灵獒长脑子、辨是非；二是要让灵獒保持强烈的食欲和攻击力；三是要让灵獒坚信，屠岸贾是它唯一的主人，而赵盾则是它唯一的食谱。

很多人就是灵獒，只不过，不自知罢了。

（刊于《杂文月刊》上旬版2009年第1期，入选长江文艺出版社《2009年度中国杂文精选》）

» 纪晓岚“严重失职”？

闲翻《史记·周本纪》，读到一则故事：古公亶父（周文王的祖父，时为豳的国君，今陕西旬邑县一带）“积德行义，国人皆戴之”。戎狄来犯，欲劫财，古公亶父就把财物给了侵略者；谁知戎狄又来进犯，想夺取这片土地和国民。国民大怒，都想和戎狄拼命。古公亶父说：“有民立君，将以利之。今戎狄所为攻战，以吾地与民。民之在我，与其在彼，何异？民欲以我故战，杀人父子而君之，予不忍为。”（大意谓：百姓之所以设立君主，是希望君主能维护他们的利益，而不是反过来让百姓牺牲生命去维护君主的统治；只要能做到“利民”，那么我当君主与戎狄当君主有什么区别？现在，戎狄来犯，无非想抢夺我的土地和人民罢了，那就给他们吧，如果听凭老百姓为了维护我的统治权而拼死战斗，父死子亡，我怎么忍心。）于是，他和几个随从离开了豳，把那片土地让给了戎狄。

我不禁失笑：原来，中国古人也并非全如我们想象中那样，为了抽象概念，宁愿牺牲千万血肉之躯可触可感的“四大自由”；原来，“以民为本”、“以人为本”并不是西方人才有的思想，“民为贵，社稷次之，君为轻”也并非孟子一人曲高和寡的孤本。

古公亶父就这样将“民权”置于“主权”之上，将“主权”二字理直气壮地踩在脚底，一切以民众是否幸福为准绳。那么，当时的老百姓是怎么看的呢？书中接着记载：古公亶父离开豳之后，来到岐下，“豳人举国扶老携幼，尽复归古公于岐下。及他旁国闻古公仁，亦多归之。……民皆歌乐之，颂其德。”瞧，人人都夸他仁德，百姓纷纷追随他到岐下定居去了，西周的雏形由此而生。这难道不是老百姓对他最大的肯定吗？事实上，肯定他的何止当时豳国百姓，《史记》作者显然也是带着无限赞赏来书写这一页的。

走笔至此，忽又心生疑惑：众所周知，民众赞赏的东西，不等于历代帝王也能容忍。似这般“卖国求生”、“投降主义”的“反动言论”，哪里是一个崇尚“为国捐躯”、要求百姓拼死报效“君恩”的国度所能兼容？而对于“不利于社稷稳定”的言论，历来都是一禁了之的。《史记》成书至今，两千余年间，中国不知历经多少次“焚书坑儒”式的浩劫，别的不说，仅清乾隆年间《四库全书》以编纂为名、行查禁之实这道坎，就几乎扼杀了所有“持不同政见”的书籍。在如此严密的文网之下，古公亶父这段“非主流”政治观何以还能幸存至今？这到底是纪晓岚们的严重失职，还是清廷当初夺了汉人皇位，正需要这样的理论去说服汉人“不抵抗”？

未见记载，无法臆测。不过倒有人比古公亶父做得更干脆，那就是1688年的英国人。他们赶走了国王詹姆士二世，把荷兰王子威廉三世请来继承了英国王位（即有名的“光荣革命”）。此前的1603年，英国女王伊丽莎白一世驾崩前将王位传给当时的苏格兰国王詹姆士·斯图亚特，于是，苏格兰国王詹姆士六世同时成为英国国王詹姆士一世，苏格兰和英格兰两个国家合并成为共驻联邦“大不列颠王国”。

瞧这些人，哪有什么“非我族类、不可为君”的概念？在他们眼里，说起“国家”，倒有三个不同层次的概念：一是脚下的这片土地，约略相当于古汉语中的“社稷”、英语中的country；二是生活在这片土地上的那些人民，或谓民族，约略相当于古汉语中的“民”或“民族”、英语中的nation；三是该土地上的执政集团，大致相当于今天说的“政府”、古汉语的“君”与“朝廷”、英语中的government。在他们看来，这三者是大不相同的，决不能混为一谈；而在我们眼中却是三位一体，爱国就是爱君、爱领袖，举“爱国”大旗，为的很可能只是要民为君肝脑涂地、伏尸百万在所不惜。不管这一思维是否始于君主有意营造，反正，久而久之，早已渗入民族骨髓，成为集体潜意识了。

从古公亶父有幸不被戴上“豳奸”的帽子，到英国人津津乐道于“光荣革命”，再到清廷焚尽三千古书却放过古公亶父的“异端思维”，我只能得出一个结论：主权这东西，原来只不过是统治者手中的泥娃娃，必要时和点水，随心另塑一副形象，可矣。

（刊于2009年7月31日《杂文报》）

»　“知而不为”更可怕

史书或民议中，“昏庸”、“不辨忠奸”算是对当权者的莫大恶评了。可事实上还有一样东西，比分不清是非、辨不出好歹更可怕，那就是——明知其“好”而弃之，明知其“歹”而取之；明知其恶而不改，明知其善而不为。一个集团到了这步田地，也就意味着，除了“既得利益”之外，它不再恪守任何东西了。相关例子不胜枚举，远的如宋高宗明知岳飞忠心耿耿还是纵容秦桧连发十二道金牌要了他的命；近的如乾隆帝死也不让热气球在北京升空。

1792年，英国派出马戛尔尼使团访华，带来了杰出的科学家和卫队，带来了英国最新发明的蒸汽机、棉纺机、热气球、复滑车、派克透镜和天体运行仪等，以便展示最先进的科技和现代炮兵装备，免得被傲慢的中国人看扁。抛开动机不论，这当然是千载难逢的学习机会，可结果却不欢而散，且在50年内演变为兵戎相见，继而引发王朝雪崩。后人普遍认为，这是因为当时从“水手”到“掌舵人”普遍蒙昧无知，朝廷上下沉浸在“天朝上国、世界第一”的梦呓中酣睡不醒，根本没察觉别人遥遥领先、自己濒临散架、局势岌岌可危。

可事实果真如此吗？除了后来的郭嵩焘、徐继畬等寥寥几位有识之士外，朝中衮衮诸公，就没有一个明白人了吗？恐怕也不尽然。马戛尔尼使团留下的日记，以及清廷君臣的奏疏、朱批谕旨等史料，多少泄露了一些蛛丝马迹——

其实，英国船队一现身就震惊了大清朝廷。人们哪里见过这么高大结实的船，何况又是在中国人所不熟悉的海面上高速航行！乾隆帝立即意识到了对方的海上优势。他趁英使还没抵达北京，将六名西洋传教士召到热河，详细了解英国的情况；打发使团离京后，又连发谕旨，反复叮嘱手下官员要严防英国人报复。他担心沿海口岸受到攻击，“今悉英咭利居西洋各国之首”，“较为强悍”，“不可不留心筹计，预为之防”；“各省海疆最关紧要，……毋任英咭利夷人潜行占据”。可见在某些方面，乾隆皇帝其实心如明镜。

而他手下的一些大臣也不糊涂。内阁大学士松筠、两广总督长麟先后奉命陪同英国使团，一路上，他们和马戛尔尼谈论中英贸易、中西方科技对比等禁忌话题，竟赢得极大的好感。后者在日记中赞不绝口，认为他们聪明、博学、和善、通情达理，是进入中国以来“一次真正的对话”。众所周知，只有双方具有基本共识，双边交流才有可能融洽。也就是说，这两名清廷重臣其实也是心如明镜，只不过为了“政治正确”，宁愿牺牲真相罢了。

那么，对于英国人带来的那些新东西，清廷又是什么态度呢？十二个字：公开蔑视；内心歆羡；严格保密。

首先，假装不屑一顾，傲慢地昧着良心说：“尔国所贡之物，天朝原亦有之”，死不承认你比我更好；其次，密令工匠们仔细观察西洋机械师怎样拆装这些精密仪器，暗暗牢记并向皇帝汇报，皇帝自己后来也两次观看这些礼品；再次，不许英国人当众演示这些最新科技，尤其是不准热气球升空；最后，严禁使团成员接触中国百姓，以免戳穿西洋镜。总之，朝廷“竭力对西方的技术优势进行保密，……不想让中国人了解情况”；“让热气球在北京上空升起？那不啻于全中国都知道西方人的优势，简直不堪设想！”（马戛尔尼日记中语）

透过傲慢的表象，种种细节显示，大清高层对于别人的长处绝非一无所知。只是，既然几千年来一直宣称自己至圣至明、无人可比、永远伟大光荣正确，又怎能让国人看穿它非龙非虎、只是盘踞宝座的黔驴呢？说到底，它最想捂住的，是本国民众的眼睛。毕竟，蒙住眼睛的毛驴，是不会扑过来抢夺它手中那把麦穗的。可怜毛驴们还在幻想：唉，都是下情不能上达的缘故啊！假如今上知道真相，一定会为我们谋幸福……

是非黑白不打紧，既得利益最重要——历史证明，一个王朝若沦丧到这一步，离彻底崩盘也就不远了。

（2010年10月19日《杂文报》，《浙江杂文界》2012年第2期，《杂文月刊》（选刊版）2012年第10期先后刊发或转载）

» 上司的生日与下属的“节日”

春节将至，忽然想起“节礼”这个名词。此“节”非仅春节，甚至不仅仅等于传统意义上的节日。读过吴思《潜规则》或洪振快《亚财政》的朋友大概都还记得，在清代，官员的生日本身就要算作是下属的一个节日；身为下属，一年中，至少要在端午节、中秋节、春节、上司诞辰、上司夫人诞辰这五个“节日”给各级上司呈上“节礼”，合称“三节两寿”。其实，于上司而言，门庭几乎日日冠盖云集，贺词盈耳，一年又何止“三节两寿”？

可对于下属而言，上司的生日究竟是“节”还是“劫”，灿烂红包、滚滚贺词究竟是出于“礼”还是出于“利”（利害权衡），恐怕还有待考量。仍以《亚财政》一书所转引的咸丰四年四川学政何绍基奏折为例，何学政在奏折中说：自己到地方上所接触的一些官员，都为给上司送“到任礼”和“节寿礼”而深感痛苦，一个州县官员，每年送给督、抚、藩、臬、道、府等各级上司的“三节两寿”及到任规礼，多者达一万几千两，按米价购买力折算，相当于今天的三四百万元人民币。而这些礼金甚至比朝廷正式税收还更耽误不起。否则即“不能保其位，且有破家亡身者”。（雍正二年杭州人汪景祺《读书堂西征随笔》）此所谓“送礼政治”是也。可这笔巨款，凭正规薪俸绝无可能，怎么办？官当到如此级别，谁愿意灰头土脸地出局，于是只有三条路：或巧立名目向百姓多征钱粮；或向下属敞开收受礼金；或挪用库银。显然，三者都是在玩火。谁不知宦海风波恶，谁又知道，什么时候一不小心得罪了人，头顶那把“达摩克利斯之剑”就倏然掉落？如此“节日”，焉能不成“劫日”。

“节礼”之所以成“劫”，还不仅仅由于上述财源困境。这里隐藏着太多暗礁，即使你能合法地筹到足够多的银子，也未必能一路绿灯。例如，送礼的“尺寸”，就是个大问题。哪些人该送、什么时候送、送多少、怎么送，这些要命的细节，基本都是不传之秘，以致《官场现形记》中称，官员交接时，后任竟要用数十上百两银子来买前任的这本“送礼明细账”。吴思先生在《潜规则》中转述过这样一个故事：晚清一位候补知州，好不容易补缺上任，却不懂这“花钱买账”的规矩，前任官员的账房师爷愤而给他做了一本假账，记载的尺寸都是错的。新知州按假账孝敬上司，一年就被参劾革职。犹如今日考生填标准化试卷答题卡，却错了题号与答案的对应顺序，结果满盘皆输。

鉴于几乎每一个“上司”（皇帝暂且不论）都很可能同时又是别人的“下属”，因此，请允许我以己之心、度人之腹，真诚地相信：这一沉重的游戏规则已令绝大多数官员都为其所苦，如有可能，谁都愿意走出这一“互害社会”。可“破局”的代价实在太大，而趋利避害，只是人类本能而已。于是，数千年专制史，竟鲜有人能够安然摆脱此“囚徒困境”而不伤筋动骨。

一语概之：专制不死，“节礼”不止，下属之劫也就无尽期。可冰冻三尺，非一日之寒；“互害社会”要转型为正常的文明社会，又需要多久？根据著名史学家唐德刚先生的“历史三峡”假说，社会转型犹如穿越一个惊涛骇浪、曲折幽深的“历史三峡”，上一次大转型（两千多年前，由封建制转到郡县制）历时两三百年才完成；而本次大转型自1840年始，“能在2040年通过三峡，享受点风平浪静的清福，就算是很幸运的了”。尽管不可能一蹴而就，但“不论时间长短，‘历史三峡’终必有通过之一日”。且让我们拭目以待，祈盼“两百年出三峡”，抑或三百年；但更要紧的是，这一艰难的穿越，必须有丝丝缕缕的和风而不是寒风，不断起于青萍之末。唯如此，愿人人都能记住：你我都是“土壤”、“气候”和“航道”的一分子，哪怕只能做一阵暖风，也比跟着做寒风好。

（刊于2010月2月5日《杂文报》，2010年2月9日《湘声报》）

» 在空心的岩层上跳舞

一千二百多年前，大唐王朝江苏溧阳县有过这么一位公安局局长（县尉）——他根本就不喜欢自己的本职工作；事实上，他也实在并不擅长公安局局长这份活儿。于是，任职期间，他基本上都忙于吟诗，或者到郊外一个山清水秀的地方看风景，以致“曹务多废”，也就是说，尸位素餐，公务废弛，大概积压了不少该办的案子以及其他事务。县长只好请示知府，罚他分出一半薪俸，聘了一名“假尉”（代理公安局局长）来代他履职。这位严重不称职的公安局局长名叫孟郊，他的《游子吟》、《登科后》等诗作脍炙人口，至今传唱不衰，其本人也获得韩愈、张籍等大人物“天葩吐奇芬”的高度评价。尽管也被苏轼视为“寒虫”的哭号，被元好问讥为“诗囚”，但也只是针对其诗作而论，而他在公安局局长任上不作为的记录，基本上被淡忘了。总之，渎职不是错，写不好诗才是错。

无独有偶，晚清名士李慈铭被任命为户部江南司郎中（大致相当于财政部主管江南钱粮的司长）后，基本上不去衙门，只在任职履新时去报到了一次，年终考核去了一次，其他时间基本不管司里的事，自个儿看书、听戏、会朋友，连工资都是司里的工作人员送到他家里来。而这一切，丝毫不妨碍他成为一代名士，更不曾在世间留下一丝负面评价。

我无意臧否上述二位的人品，事实上，他们在疏于职守的同时好歹还算精于学问，对社会也非全无贡献。然而上述故事却折射出这个千年古国的一大特点，那就是："渎职"被视为小菜一碟，全社会不尚实务，大多数人不愿在枯燥烦琐的法令律例、国计民生上下功夫，恰似今天的人们把"工作轻松、收入高"作为"混得好"的标志，而把勤扒苦做看成傻瓜一枚。宋人总结这一现象说："今之世有勤于吏者，反以鄙俗目之；而诗酒游宴，则谓之风流娴雅，此政所以多疵，民所以为害也，不可不审。"（张四维辑《名公书判清明集》卷一，转引自洪振快《亚财政》）

这一风气绝未随着科举制的寿终正寝而自然终结。记得多年前参加一个省级研讨会，初出茅庐的笔者抓住机遇向与会的权威人士请教几个试验参数设置问题，座中静默片刻，之后爆发出一阵善意的笑："现在，像你这样钻研业务的，已经很少了！"笔者顿时脸红耳赤，只好讪讪闭口，举杯敬酒以掩饰自己的不识时务。而此后的岁月更让我明白：人家说的，委实是不折不扣的大实话。在"上命"高于一切、民议轻如鸿毛的语境下，"奖勤罚懒"的机制只是一个传说，相反，"奖懒罚勤"、"奖伪罚诚"倒是司空见惯。于是，尸位素餐纯属常态，不务一事而能步步升迁叫作“有本事”。敝乡俗语更是毫不客气：把一丝不苟、认真负责的人叫作“死豆子”（一辈子做“死活”而不发芽，无法出人头地）。既然如此，又何须惊诧于以下种种——甘肃舟曲“8·7”特大泥石流灾害发生后，人们才惊觉预警系统何以发挥不了作用；吉林7138只化工原料桶被冲入松花江后，舆论惊呼化工厂竟能在离河道区区几百米处违规设立，且能草草通过环评审批、环保“三同时”验收，有关部门出示两年前批复的环评文件，上面的印章居然油迹未干。还有更多类似事件，让我们清晰地看见：自己脚下这片赖以存活的社会岩层，竟然是块“脆皮雪糕”——勘察设计走过场，施工质量靠自觉，工程监理多虚置，桥梁、楼房可以一建好就垮塌；食品安全“防君子不防小人”，有毒物质可以畅通无阻直抵国民的肠胃和血管；“铁篱笆”是纸糊的栏杆，民众受害容易维权难；“学术研究”、“科技研发”实为套取项目资金的幌子，形形色色的科研报告、应急预案，从撰写之初就没打算过遵照执行……一语概之，社会安全及社会发展的基石久已淘空，我们只不过是站在空心的岩层上载歌载舞，如此而已！

一个社会，倘若勤劳难以致富、刻苦不能出头、诚信处处碰壁，虚报浮夸畅通无阻、践踏规则名利双收，那么，“雪糕”融化、“脆皮”坍塌，“社会泥石流”一泻千里，又岂会是遥不可及的好莱坞恐怖片？

（刊于2010年8月31日《杂文报》）

» 陶渊明“骗”了美国人？

据说，美国形形色色的教科书中，不约而同地提到过三位中国人——陶渊明、杨贵妃、李自成，分别作为“不向世俗低头”、“浪漫”和“暴力革命”的符号，其中最受推崇的是陶渊明。例如，麦基的《世界社会的历史》里有一段陶渊明小传，采信了我们耳熟能详的那种说法，称陶挂冠归隐后22年里虽然也“经受了作为中国农民的所有苦难”，但他“跟士大夫阶层的人士……经常在一起诗酒唱和。他的作品里反映了他对这样简单的田园生活很满足，甚至把这种生活美化成为世外桃源”。或许，在麦基们看来，陶渊明和他的“南山”，几乎就是中国版的梭罗与《瓦尔登湖》了。事实果真如此吗？

试看陶氏归隐13年后（公元418年）所作的《怨诗楚调示庞主簿邓治中》，分明泄露了天机：“炎火屡焚如，螟蜮恣中田；风雨纵横至，收敛不盈廛。夏日抱长饥，寒夜无被眠”，水旱虫灾轮番来袭，收获的庄稼已经难以维持温饱了，于是，饥寒交迫中作者开始度日如年：“造夕思鸡鸣，及晨愿乌迁”（天黑盼天亮，天明盼黄昏）。今天我们常说农民是弱势群体，而一千多年前的晋代农民，不知农药为何物、抽水机在何方，遑论温室大棚、喷滴灌，一旦天灾来袭，唯有任其摧残，更别说还有那“猛于虎”的苛政盘剥。

这是物质层面的困苦。那么精神上是否充满“诗酒唱和”的充实与“满足”呢？就在上述诗中，陶渊明嗟叹：自己独自慷慨悲歌，除了这两位收信人（均为州郡吏员），竟无别的知音。而另一首《杂诗》中则悲鸣：“欲言无予和，挥杯劝孤影。……念此怀悲凄，终晓不能静。”想开口却无人应和，只好借酒浇愁、形影相吊，哪来的“诗酒唱和”盛景！可见麦基实在是误读陶渊明了。后人所谓的陶氏晚年“沉醉在乡农之间”、“常与释道交往”只不过是表象，诗人与目不识丁的乡农及释道之间，远难达到真正的志同道合，遑论思想上的共鸣。而当初不愿讨好州官，今日却可能连一个地痞或地保都可以欺压你，能逼你“折腰”的人已呈几何级数增长。这样的生存环境，至多“忍受”而已，说“满足”何啻掩耳盗铃。

事实上，麦基引用的那些最脍炙人口、代表其“淡泊气节”、“隐逸志向”的陶诗，基本上写于作者辞官前夕、归隐之初“涉农不深”的时候，如《饮酒》（“采菊东篱下”）、《归去来兮辞》、《归田园居》分别作于公元404—406年，所展现的，至多只是陶渊明62年人生的一个短暂阶段，而不是全貌。在此之前，他几番入仕，分明是一腔热血、满怀抱负，公元400年以后，还曾乔装私行，冒险将政局变化驰报刘裕（后来的南朝宋太祖），并写诗明志："四十无闻，斯不足畏，脂我名车，策我名骥。千里虽遥，孰敢不至！"后来的《读山海经之十》更借精卫和刑天的际遇，慨叹自己良机已失，徒怀雄心，壮志难骋，理想已成泡影："精卫衔微木，将以填沧海。……徒设在昔心，良辰讵可待！"从这一系列篇章，我实在看不出有什么"恬淡静穆"和"彻底的傲视功名"。

综观陶氏不同时期的诗作，我看到的是一个寻常人真实可信的心路历程，而不是圣贤与众不同的高调。田园生活只可远观，不可亲历；其所谓的美好、恬淡、浪漫，只存在于城里人偶尔下乡体验一把之余的臆想中。陶渊明为这种浪漫想象和冲动决策付出了代价，他对自己的无奈并不隐晦，说：落入困境的原因全在于自己，怨不得别人（"在己何怨天，离忧凄目前"）。

至此，我不得不相信西方汉学家马克·艾尔文的看法：陶渊明并非真的生性恬淡，只是在官场的激烈竞争中未能顺利通过"潜规则"这所人生大学的考试而已。不是么？仕途几番铩羽，而他依然只用圣贤书上得来的那些标准来衡量这个世界，殊不知圣贤的标准几乎从来就没有真正实现过，真实社会运行的其实是另一套生存法则，也就是2000年吴思首创并风靡至今的"潜规则"三字。陶渊明的失误在于将名义上的"权利"、"尊严"和规则当成了事实上的"权利"、"尊严"和规则，把"应然"当成了"已然"，没看清自己与上官、自己与农民之间根本就不是平等的交往主体，认为从"县令"这个层次退回到"农民"这个更低的层次就可以悠闲自在。殊不知在这片等级森严的土地上，人格自由、精神平等只是弱者的梦呓，一旦真做了最底层的农民，田园生活的真实况味必将证明：“不为五斗米折腰”的结果，很可能是不得不为五粒米俯首。至于欧阳修盛赞什么“晋无文章，惟陶渊明《归去来》一篇而已”，则更如掩耳盗铃了。

一言以概之，所谓“恬淡自适”、“傲视功名”的陶渊明，只不过是后人剪裁包装出来的一个符号而已。而这个虚幻的符号，不仅掩盖了他自己前期的积极入世、后期的愁苦消沉，误导了后世无数士子，今天还把美国人也给“蒙”了。

（刊于2010年1月8日《湘声报》，《百家讲坛》2010年第3期）

» 热闹的鲁智深，孤独的侯教授

假如你是个普通百姓，只想平平安安过小日子，你愿意把自己的女儿嫁给这样一个人吗——大敌当前、粮尽援绝之际，他为了成全自己忠君爱国当英雄的理想，首先想到的是杀了你女儿当作军粮，分给将士们吃；吃完了，敌人未退，于是又杀了城里的其他妇女和老弱男子（当然也包括你们老夫妻俩），作为第二批军粮；最后是吃孩童。为了守住一座城，“所食人口二三万”——总之，死多少人无所谓，要紧的是他自己不能背上“降敌”的骂名。这样一个光彩照人的“民族英雄”做你的女婿、做你所在城市的“一把手”，你不觉得不寒而栗吗？就算城破之日、敌人涌入，最坏的结果，能比这坏多少？

假如你是个小饭馆的侍应生，恭恭敬敬地问客人：“请问您要点什么菜？”这客人眼一瞪，喝道：“问什么问什么！有菜就上，啰里啰嗦吵本大爷！”假如你是个摆地摊卖艺糊口的底层市民，这“豪杰”一把推倒你的看客，要你陪他喝酒，否则就动手打这些围观捧场的人；一听说谁谁是坏蛋，挥拳便把人家打成肉酱，既不核实甄别，也不容辩解——你愿意整天和这样的“豪杰”相伴吗？万一哪天不幸有仇家说你是坏蛋，他会不会不由分说地送你上西天或进医院？若他成为你的领袖，会不会一言不合就把你碎尸万段？

这就是近日引发激辩的两大人物——一个是安史之乱中著名的“抗敌英雄”张巡，其“为守城而吃人”的事迹名垂《旧唐书》；一个是《水浒传》中的鲁达，至今仍被视为“真男人、大英雄”。二者都是中学课本里饱受礼赞的主角，其共同点却是，都把生命（尤其是别人的生命，或者说，被他们认为不那么重要的人的生命）视若刍狗，哪天心血来潮，为了某个崇高的目的，便可一刀宰掉，还能赢得满堂喝彩。有个翟记者憋不住说了声“张巡最无人性，不仁甚于禽兽”、“应该退出语文教材”，顿时犯了众怒；而首都师范大学侯会教授发博文认为不宜选《鲁提辖拳打镇关西》、《武松醉打蒋门神》等以血腥、暴力见长的文学作品做课文，也立即陷入重围，招来从意见领袖到数万网民、从著名网站到知名报刊异口同声的痛斥，诸如“哗众取宠”、“砖家、叫兽”、“伪善”、“思想洁癖”、“无病呻吟”、“培育奴才”等词汇倾盆而来。有知名意见领袖断定侯文的动机是为了阉割民众的反抗精神，想让大家都阳痿成绵羊，以便某些阶层闷声发大财。在腾讯网站调查中，反对“教材非暴力论”者竟高达95%。

这么多人想到一块儿，总有其理由：一是“暴力来自影视、网游以及贪腐不公的社会背景，与这些课文无关”。可创作影视、网游的人难道不正是接受过校园教育的人吗？如今的中学生起早摸黑挣扎于题海，何来余暇去甄别教材是精华是糟粕，为了升学，又哪敢作出与标准答案不符的回答。论者实在是高估孩子们“批判性学习”的自由空间了。

二是“为了崇高目标，杀人无可厚非”。可人们似乎忘了，我等草民，往往正是在动人的口号下被领向地狱的。古有“为给皇帝保江山、不惜百姓尸成山”，今有“舍小家顾大家”，民房就该“为了国家利益”而被拆；古有“为了匡扶正义，哪怕拔刀杀人”，今有“为了报复社会，哪怕挥刀屠童”。其共同点都是蔑视个体生命，尤其是他人的生命。而“坏蛋”、“恶棍”之类的黑标签则往往沦为权力巨人剪除异己，甚至诛杀无辜的利器，如袁崇焕是以“通敌”之名而遭到凌迟并被京城百姓一块块生吞其肉的；“文革”中更有无数妇孺被贴上“阶级敌人”、“黑苗子”的标签而遭斩草除根。古往今来，胜利者要杀谁，哪次不是备个黑锅再“明正典刑”？

说到底，要不要保留张巡、鲁智深，只不过是倡导大家“做狼”还是“做人”的问题，而不是主张都“做羊”。就算将鲁智深当伟哥、让大家都百炼成狼，也不可能如愿“雄起”、免于被吃的厄运。恰恰相反，以“主义”为本、允许种种貌似辉煌夺目的“正义”理由凌驾于生命之上，其结果最可能的是“文革”式悲剧迅速卷土重来。届时，我们又拿什么来保证自己不会沦为靓旗或黑锅下的冤魂？

（刊于2010年6月18日《湘声报》）

» 明末“左愤”杨光先

说到“文革”中的一句名言，许多人都不陌生：“宁要社会主义的草，不要资本主义的苗。”它被视为矢志破旧立新的激进主义宣言。但很少人知道，这句话其实是三百多年前另一句守旧宣言的升级版：“宁可使中夏无好历法，不可使中夏有西洋人”，它的原创权属于明末清初那位以顽固守旧著称的学者——杨光先。

不过，与其说杨光先“顽固守旧”，毋宁说他“顽固卫道”。确切地说，他只是比别人更犟一些而已，只认一个理：听圣人的，没错！只要圣人说谁是妖孽，他一定拼死去打倒它。倘若真是妖孽，他自然穷追到底；要命的是，即使所有证据都证明那其实是个冰清玉洁的九天仙女，他也埋头斗到底，决不放过。

抬棺死劾权臣

杨光先第一次名垂青史的“除妖”行动发生在崇祯十年（1637年）。当时40岁的杨光先是新安所的世袭千户，为了参劾当朝权臣——大学士温体仁和给事中陈启新，他把千户之位让给弟弟，以布衣身份效仿海瑞，抬着棺材去向皇帝上疏，历数温体仁、陈启新的罪状，称为“舁棺死劾”，结果遭到廷杖并流放辽西。

这个温体仁是怎样的人呢？据说，崇祯执政17年，换了51个首辅，平均每年3个，其中温体仁当首辅8年，时间最长，但他“一利不兴，一害不除”。他是治国庸材，辅政8年，没有提出过任何经国济世、救亡图存的方略，没有建立过任何利国利民的功业；但他又是厚黑奇才，在结党营私、玩弄权术、陷害异己方面功力深厚。例如，著名抗清将领袁崇焕蒙冤而死，就是温体仁一手促成。明史将他列入奸臣传，有史家认为，明王朝之速死，与温体仁不无干系。也就是说，这回，杨光先的“拔剑除妖”之举找对人了，而且运气好得很，虽然他的“舁棺死劾”根本未能撼动温体仁一根毫毛，自己反而遭到廷杖和流放，可不久温体仁就倒台病故了，杨光先被赦回乡，一举成名。

牛刀小试，就站到了“历史正确”的一边，使得杨光先声名大振，也就越发坚定了他“紧跟圣人伟大旗帜”的信心和决心。

挑起“康熙历狱”

光阴荏苒，转眼间明亡清兴。不知为何，在改朝换代的危急存亡时刻，杨光先没有用他一贯的激烈方式去践行“忠臣不事二主”的孔孟遗训，也没有效仿春秋时的伯夷、叔齐般躲进深山饿死不食周粟，而是与时俱进，一边做自己的“新安卫官生”，一边时刻准备着为新政权建言献策。

这期间，古老的中国迎来了一次接受西方科技文化、向现代文明转型的契机。随着西方传教士如利玛窦、熊三拔、龙华民、艾儒略、汤若望、邓玉函、南怀仁等人先后进入中国，中西文化交流出现了前所未有的高峰。传教士们把西方在数学、天文、历算、物理、机械、火炮制造、水利、测量、地理、绘画等领域的成就介绍给中国；同时，又把中国经典和小说、戏曲、中医药、园林艺术等译介到西方。以他们为中介，中国打开了通向现代文明的一扇窗。

从摄政王多尔衮到年轻的顺治帝，都对西方科技文化颇感兴趣，十分信任德国传教士汤若望。顺治元年，朝廷将汤若望运用西方天文学成果所制定的新历法取名为“时宪历”，颁行天下（亦即惠泽至今的农历），取代年久失修、错谬百出的大统历、回回历。皇帝不仅任命汤若望为钦天监监正，而且，为了嘉奖他的学识和勤劳，翌年还加封他为太常寺卿，八年后又赐名号“通玄教师”，十年后封其为通政使，晋一品，封赠三代。

这下杨光先急了。他激烈反对，撰写了《辟邪论》等文章，连篇累牍加以攻击，并屡次上书，要求将汤若望及其信徒、同道们“人其人，火其书，庐其居”。他的言行透着一股强烈的道德自信——大清到了最危险的时刻，再不挺身阻止，西洋“奇技淫巧”就会颠覆华夏乾坤，从此亡国灭种了；可他的论据却十分有趣。例如，看了耶稣钉在十字架上的插图，便如获至宝地宣称：瞧那汤若望长得金发碧眼，分明是德亚国因谋反而被正法的贼首耶稣的遗孽！他嘲笑“地球是圆的”理论，说：若果真如此，那么球上球下之人脚心相对，球下国土的人岂不是倒悬着的吗？自古以来只听过顶天立地的人，从未听过有横立、倒立的人，你西洋人试着倒立在天花板上走给我看看？地球下方那些江河湖海里的水又怎么没洒出天外去呢？“有识者以理推之，不觉喷饭满案矣！”他还把汤若望等传教士及教徒们定期的集会祷告说成是在谋反。然而，此时汤若望“圣眷正隆”，杨光先的攻击恰似铁拳砸到了棉花上。

可多尔衮和顺治帝先后去世，小皇帝康熙即位后，辅政大臣鳌拜反对西洋学说。杨光先的机会来了。他再次上疏，历数汤若望西洋新历的十大罪状，包括：时宪历上的“依西洋新法”字样是“暗窃正朔之权以予西洋”；新的历书只推算了二百年，是诅咒大清短命；汤若望为顺治帝幼子荣亲王所选择的殡葬时辰不吉，“误用洪范五行，山向年月俱犯忌杀”，连累孩子的父母即董鄂妃和顺治帝在短短两年内先后驾崩；……条条都足以置人于死地。

在鳌拜的支持下，汤若望以及钦天监中支持他的中国天文学家如杜如预、杨宏量、李祖白、宋可成、宋发、朱光显、刘有泰等被判凌迟处死。由于天空出现彗星，京城又发生地震，在孝庄太皇太后的斡旋下，改判汤若望、杜如预、杨宏量免死，羁于狱中（后来汤若望获孝庄特旨释放，两年后病死），南怀仁被流放；但李祖白与儿子李实等五人还是被处死。这位李祖白又是怎样一个人呢？简言之，明朝天启六年（1626年），他就协助汤若望写出《远镜说》一书，将伽利略发明的现代望远镜制作方法介绍入中国。这样一位天文学家，却被杨光先们斥为“背圣弃祖”的妖人，父子一齐遇难，成了“中国版的布鲁诺”之一。

成也历狱，败也历狱

不幸的是，历法这东西是可以通过实测来验证的，不像价值观之争，说黑说白，全凭口舌。杨光先如愿以偿扳倒“西洋妖孽”之后，朝廷任命他为钦天监监副。他知道自己其实并不懂什么历法，于是上疏请辞。结果朝廷不但驳回，还提拔他做钦天监监正。杨光先只好硬着头皮上任，并编撰了《不得已》一书表明心志。

两三年后，鳌拜倒台，朝廷发现杨光先确实无法胜任历法推算——这位“学者”接掌钦天监之后，所用的历法谬误百出，一年有两个春分、两个秋分，连闰月也算错了。于是朝廷重新启用来自比利时的传教士、红夷大炮铸造者、原钦天监监副南怀仁。南怀仁遂提出要以实证来证明两种历法的准确度，并在次年的现场推算比赛中赢了杨光先。“杨氏学术”之缺终于藏不住了。

然而这时，杨光先再度展现了非凡的底气，昂然宣称“臣只知历理，不知历法”；“宁可使中夏无好历法，不可使中夏有西洋人！”就像晚清大学士倭仁反对洋务运动时喊的那样：“宁使中国无技艺，不使中国有西学”；又像今天“左愤”或“民族主义愤青”的宣言：“用洋货就是卖国贼！”

言归正传。南怀仁趁热打铁，以其人之道还治其人之身，上疏称杨光先为鳌拜的党羽，结果杨光先被判处死刑，后赦免回乡，死在路上，未能重演当年“异棺死劾”后的“咸鱼翻身”。

这就是历史上的“康熙历狱”，它和万历年间的“南京教案”、康熙亲政后与罗马教廷的“礼仪之争”一道，扼杀了十七世纪中国向现代文明转型的一线生机。此后朝廷下令不欢迎西洋人，只准钦天监之类的技艺之士留在中国，且必须具结永不回国；原先已开始的“翻译西书七千部”计划就此搁浅，排外被确立为不可违反的祖制，吸收西方科技文化被视为对中国基本体制的严重威胁。其后果是灾难性的：经济上，中国继续停留在刀耕火种、畜拉手提的原始生产方式中；文化上，北京的国子监依然把四书五经作为唯一的课程。而与此同时，剑桥大学的课程已经包括：逻辑学、几何、数学、法律、医学、修辞、音乐，当然也少不了神学。两相对照，也就不难明白为何科学和工业革命都没能发端于中国，为何中国只能等到被洋枪大炮轰开国门之后才开始艰难地补课了。

而挑起这场历狱的杨光先，终其一生都以“历史正确”的“有识者”自居，并坚信：一是我最正确，反对我就是反对真理；二是我才不屑于了解你，就算事实证明你比我高明也没用；三是对异见者务求赶尽杀绝甚至从肉体上消灭。犹如套在葫芦里长大的西瓜，之所以讨厌圆球形的西瓜，是因为其从未见过真正的西瓜；之所以长成葫芦模样，是套子使然。他们从未设想过：自己（或教科书）决不会错吗？别人绝无长处吗？

（节选版刊于2010年7月30日《湘声报》；全文刊于《百家讲坛》2010年第9期）

» 赞美杨二郎，后果很严重

据说，武大郎有一条不成文的家规：武家店的伙计是不许赞美高个子的；实在忍不住，也只能赞美本族龙种武二郎。可偏偏有人傻呵呵地把望远镜对准大河彼岸的杨二郎，大肆称颂他如何英俊高大、如何睿智宽仁，于是自然就霉运当头了。160多年前，清朝有个巡抚大员徐继畬，就是这样一个“不识时务”的人。

1846年，徐继畬就任福建巡抚时，适值鸦片战争中清廷一败涂地。他十分纳闷：西方为什么那么强大，竟能把大清杀得落花流水？于是留心收集资料，详加研究。他的研究成果是，亚洲第一部系统介绍世界地理的著作《瀛环志略》于1848年横空出世了。据说书中所有材料都经过考证，其中用了较大篇幅介绍美国，除山川地理外，还包括政治制度、立国史等，特别是华盛顿的功绩。他赞美道：

“华盛顿，异人也。起事勇于胜广，割据雄于曹刘，既已提三尺剑，开疆万里，乃不僭位号，不传子孙，而创为推举之法，几于天下为公，骎骎乎三代之遗意。其治国崇让善俗，不尚武功，亦迥与诸国异。”

“余见其画像，气貌雄毅绝伦，呜呼！可不谓人杰矣哉！米利坚合众国之为国，幅员万里，不设王侯之号，不循世袭之规，公器付之公论，创古今未有之局，一何奇也！泰古今人物，能不以华盛顿为称首哉！”

大意是说，华盛顿这人可了不起啦！他高举义帜，比陈胜吴广还勇敢；他攻城略地，比曹操刘备还更配称作英雄；更难得的是，一手缔造了美利坚合众国，打下了万里江山，却没有把它当成一家一姓的私产，没有把宝座传给子孙，抛弃了世袭制，首创了民主选举、轮流坐庄、能者上庸者让这样的好制度，把国家公器交给公众，让老百姓自己推举当家人。并且他治理国家依靠的是和平向善的公序良俗，而不靠枪杆子里出政权，这不就是活生生的尧、舜、禹吗？我看过他的画像，气概雄伟，常人难以企及，这才是真正的人杰啊！米国这国家，开创了千古新制度，是多么神奇。古今中外的人物，怎能不以华盛顿为第一？

这本书直接导致徐继畬遭到清廷上下联合围剿，于1851年被免去巡抚之职，此后一贬再贬，直至成为一介平民。政敌故意将他书中论日耳曼联邦有“西方王气方兴未艾”之语中的“西方”二字隐去，欲将其置于死地；就连颇受当时及后世推崇的曾国藩，也说他的书“张大英夷”；甚至，他的好友也批评他失了“夷夏之大防”，混淆了“内外有别”的大义。清廷上下纳闷：这人身为封疆大员，不念圣恩，竟公然出书赞美民主法治，指桑骂槐贬损天朝先进制度，这不是疯了么？还说什么古今人物以华盛顿为第一，说华氏超越了自秦汉以来所有英雄豪杰、帝王将相，可以直追三代圣王尧、舜、禹。那么紫禁城里的皇上又算什么？这简直就是当着驴夸千里马，不贬他贬谁。

后来，徐继畬这段有关华盛顿的评论文字被美国传教士丁韪良和维新人士张斯桂镌刻成碑，送到美国，赠给了华盛顿纪念馆。《纽约时报》报道了徐继畬的遭遇，引发了美国人的极大兴趣。

美国人比清朝皇上还纳闷：咱们的国父去世后，就连被他生前率领大陆军打得鼻青脸肿的英国皇家海军都降半旗致哀，中国皇帝为何就听不得臣民对华盛顿的一句赞颂之辞呢？

（刊于2011年3月24日《北海晚报》、《百家讲坛》2011年第6期，题为《赞美华盛顿，后果很严重》；《杂文选刊》2011年第5期（上）、2011年6月10日新华每日电讯11版、《幸福（悦读）》2011年第8期转载，题为《一位大清巡抚眼中的华盛顿》）

» “中国式权钱尊严”

朋友说过这样一个小故事：某次路遇一人，狐疑不定未敢确认，正犹豫该不该打招呼时，对方已开口叫我。果然是他，N年前叱咤风云，能让你谈笑间一步登天或一蹶不振的人。可是，真的是他吗？当年那样意气风发，举手投足不怒而威，激发了好几位美女的忘年暗恋，说他气度非凡很有男人味，恰似三国周郎赤壁，还说嫁人当如彼，害我至今还怀疑那首响彻大街小巷的《要嫁就嫁灰太狼》剽窃了她们的创意。但此刻看着眼前这位须长发乱容颜憔悴的先生，我不禁疑惑：难道，权力真是男人的伟哥，而退休则可以像抽魂术那样，将周郎变成武大郎？

无独有偶。另一个朋友，多才多艺，博学善思，很受诸友尊重。小长假期间，她应邀去某乡做客，回来后感慨万千。该乡乡长是她同学，作为东道主，从头到尾只和她说了两句话，此外一直穿梭于与她同去的三名官员和一名大款之间，哪怕只能陪笑聆听而插不上嘴，也不肯抽空对平民同学展示一下自己的平易近人。我宽慰她：算了吧，这事儿一点儿也不新鲜，没让你拎包斟酒就够客气了。所谓“宁为鸡头，不做凤尾”，不就因为鸡头有自由，凤尾无尊严吗？

有高人将上述现象归结为“中国式权钱尊严”，令我叫绝。一个人的“尊严”，不是取决于此人本身，而是取决于他目前所占据的权钱资源有多少；一旦钱财散尽、乌纱摘去，尊严也就戛然而止。而你作为“人”，本身其实是没有尊严的。更有人据此论证：谁说当代国人没有信仰？分明紧密团结在权钱——而不是基督真主儒释道的旗帜下。

因为权钱之外无尊严，所以杜鲁门母亲那样的故事在这里水土不服。根据那个众所周知的小故事，杜鲁门当选美国总统后，有人向他母亲祝贺：“您有这样的儿子，一定十分自豪！”老太太回答：“是的。不过，我还有一个儿子，同样让我骄傲。他现在正在地里挖土豆。”

因为权钱之外无尊严，所以那么多人将获取权钱视为人生唯一的目的和价值所在。无奈权也罢、钱也罢，都注定只能是稀缺资源，不可能见者有份，于是就有了根深叶茂的厚黑术、权谋学，有了那么多自称失意、倍感空虚的人。他们退出权钱角斗场后，要么放浪形骸于酒桌牌局，沽得浮生一醉；要么低眉谄笑认命做跟班，换取残羹一杯；要么万念俱灰，拔刀伤人或自戕。唯独鲜有人去做第二个卢安克，将空茫的目光、过剩的心力投向那些急需帮助的人群，以换取内心的宁静。这，或许可称之为“权钱拜物”综合症？

有个“海龟”朋友说起域外见闻，盛赞彼处“普惠式尊严”，说自己出国之初到餐馆打工，言语不通，又不幸长着一张少数族裔的弱势面孔，只好时刻准备着被白眼相加呼来喝去。谁知客人似乎不晓得什么叫盛气凌人。有几次他不慎把汤汁洒到人家笔挺的西服上，客人还微笑着宽慰他：“没关系，别记在心上!”令他终生难忘。

另一个朋友读完阿兰·德波顿《身份的焦虑》之后总结道：越是普通人都有尊严的地方，就越多人以“挖土豆的儿子”为荣；越是普通人没有尊严的地方，就越多人憋着劲儿去谋官。信哉斯言。

可“见者有份”的尊严，其实来自“见者有份”的公民权利。在政客必须讨好平民、富商必须讨好顾客，否则就有可能被淘汰出局的国度，在视“平等”、“民权”为天经地义的国度，除了权钱这等稀缺资源外，还有“权利”这种普惠资源，无须借助于出身、长相、财富、职位等身外之物而存在。否则，“尊重”二字，还会这么普遍、这么牢靠吗？

或许，正因为参透了这一点，无数正在叱咤风云的“周郎”们，才会不约而同地一边高喊爱国爱乡爱妈妈，一边悄然把妻儿老小迁往境外，将“中国式权钱尊严”大把大把地兑换为“普惠式尊严”。这，是否算得上本世纪一大趣事？

（刊于《杂文选刊》上旬版2010年第9期）

» 谁令“鸡脸”胜“人脸”？

陈立夫是民国政权大陆时代举足轻重的人物，有“蒋家天下，陈家党”之称。无奈江山易帜，难免人事大洗牌，英雄末路，一朝失势，他竟于二十世纪五十年代被政敌赶出台湾地区。移居美国后，他在新泽西州开办养鸡场，当起了鸡倌。有人问陈夫人：何以选择这一行？陈夫人喟叹道：“鸡脸比人脸好看啊！”（详见唐德刚《新中国三十年》）

读书至此，不禁莞尔。可掩卷思之，他说的，难道不是铁打的事实吗？鸡到底有没有一张可以称之为“脸”的东西，不妨存而不论；司空见惯的是，不仅人分三六九等，而且“落架凤凰不如鸡”。所谓尊严，从未实现“人人可享”的大同之梦；倒是“按权分配”、“按位分配”、“按钱分配”的实例俯拾皆是。君不见《儒林外史》里的范进，早晨还无米下锅，不得不抱一只老母鸡插个草标去卖了换米，午后就有东西邻里几十家凑齐了鸡蛋酒米，替他款待“报子上的老爹们”；前晌还被老丈人胡屠户臭骂为“尖嘴猴腮，也该撒泡尿自己照照”，后晌就被胡屠户夸为“才学又高，品貌又好，就是城里头……这些老爷，也没有我女婿这样一个体面的相貌”；更有城东城西的举人老爷们，闻风赶来拜同年。许多人都是范进，许多人又都是“胡屠户”，只不过，不自知，抑或不愿承认罢了。

关于极权体制下官员“能上不能下”的问题，论者常归之于官僚私德不修，贪位恋栈，没有华盛顿的高风亮节。此理固然属实，可权力体系内外的芸芸众生，又何尝不曾为这一恶习助推助燃？多少人一边痛斥世态炎凉、人心势利，一边又自觉不自觉地在乞丐面前睥睨万物，在王子面前膝盖发软。无怪乎世事洞明的唐德刚老先生毫不客气地斥之为“酱缸文化”，说“这种传统若不洗涮干净，中国哪配做个现代化国家？”而从体制层面看，“百代犹行秦制度”，大大小小的“权力金字塔”遍布宇内，无论一国、一省、一郡、一县乃至一村、一组、一企业，都是一个个适合独裁的金字塔。以塔尖一人统御全体塔民，前者威加塔内尊严过剩，后者连基本人格都委地成泥。于是塔内众生仿佛都成了爬树的猴子，存在的全部意义就在于能否踩着他人的脊背登上塔顶，获取那份“活得像人”的感觉，却从未想过如何打造一个人人都能实现自己价值的平等舞台。

无数志士扼腕叹惜：本土迄今未能诞生华盛顿，鲜有人抵得住皇冠诱惑，卸得下闪亮乌纱，忍得了芒特弗农山庄的农夫生活。殊不知，倘若农夫生活连基本尊严都无法保证，倘若放弃宝座当农夫之后，收获的不是崇敬、认同，而是轻蔑、暗笑，甚至放心大胆的欺压和盘剥，那么，这般风刀霜剑，会扼杀多少人做

“华盛顿”的勇气？“公考”高烧持续不退，折射的也就是这样一个事实：越是普通人没有尊严的地方，越是万人拼死挤仕途，哪怕只当个后备军也好。

当尊严成为稀缺资源，当资源只能“按权分配”，而没有尊严的生活又确实超出了人性所能承载的范畴，那么，“朵朵葵花向太阳”的“人脸”，就足以构成最强大的驱动力，既鞭策着人们不惜代价、不遗余力地去挣脱底层沼泽，攀向“宜居”高地，也鞭策着掌权者咬定权柄不放松。有了这一文化土壤，配以“权力通吃”的制度设计，又何须诧怪于“烛影斧声”、“副职谋杀正职”之类你死我活的血拼故事此起彼伏，屡演不绝？

（刊于2011年6月9日《北海晚报》“林永芳专栏”）

» “宁为富家奴”

记得聂耳、许幸之《铁蹄下的歌女》一曲中有句唱词，无比沉痛：“谁甘心做人的奴隶？谁愿意让乡土沦丧？”是啊，卖身为仆受奴役、背井离乡归不得，当属人世两大辛酸事了。然而，这并不等于世间没人自愿选择弃故乡、做奴隶。史载，汉代的奴隶就特别多，许多农民宁愿游离耕地，将自己卖给富人为奴。

莫非他们个个“奴性”十足，人人都是扶不起的阿斗？他们是否全都心甘情愿弃自由与尊严于不顾，竞相上演汉代男版的“宁做三奶、不嫁穷人”？

非也。事实是，那时候，做一个普通农户，生活很可能反而不如奴隶。

汉时，政府在为民众安排生活出路方面并未下什么大力气，却要求民众对政府承担无限责任。当然，几千年来一贯如此，实不宜独责汉朝。一般贫苦农民身无长物，无可奈何之际，往往只好变卖田地。而没了土地的佃农是不好当的，他们不得不承受地主的高额田租，有的竟高达百分之五十，远远高于当时政府向农民收取的三十分之一的税率。那么，佃农当不下去了，是否可以靠乞讨为生呢？答案是，就算做乞丐，也不能不服役、不纳税！当时规定，每一个国民都必须交纳人口税，哪怕是幼儿也不例外；成年后人人都得服多种兵役，其中戍边的往返费用还得自己掏；此外还要服力役，也就是每人每年替国家做义务劳工一个月。上述兵役、力役，如果不去，可以出钱代替，出不起钱就是犯法。犯法就得被抓去，甚至沦为官奴，被迫做苦工。

而奴隶的人口税却由主人负责，与奴隶自身无关。于是许多人“宁为富家奴”，以免交不起人口税、役税等而被捕。政府为制止这一风气，规定奴隶的人口税加倍征收。但有钱人岂会在乎给自家奴隶多交一份人口税？当时，能生财的行当如入山烧炭、开矿等都属于贵族和有钱人的专利，这些需要大量人工，养着大批奴隶不仅不亏本，反而可以发大财。奴隶也可因加入这一发财集团而分得一杯羹，生活反而胜过普通农户。较之继续当农民，卖身为奴有这么多“利好”之处，“奴”路畅通而“民”路坎坷，怎不让人“俯首甘为富家奴”？

适值下乡，遇见几个外出暂归的民工。说起在城里只能三班倒、无假日，扛粗活、住工棚、领低薪、受白眼；说起如今物价高扬、打工入不敷出，但过几天还是想再去看看；又说起前段时间连续春旱，某村一片区几个农户为了给田里灌上水好插秧，在乡干部的帮助下借了抽水机；因水源遥远，乡政府又为他们租了水管，7天租金3500元。可要命的是，7天之后天不下雨，还得再抽水灌溉。算起来，即使今夏丰收，又得多少谷子、多少花生玉米，才能换回这些抗旱钱？平心而论，乡里为了完成“制止耕地抛荒”的政治任务，确实尽了一些力，不可谓一无所为，却显然阻止不了那逃离耕地的时代洪流，是何故？

无它，“人往高处走”是也。极力从经济的沼泽地或权利的沼泽地拔出泥足，奔向经济高地、权利高地，这只不过是人性的本能，古今同此一理。所以，倘若不能改变农业及务农者这种“沼泽处境”，倘若三次产业效益“剪刀差”的状况依然如旧，那么无论如何下达“严禁抛荒”的死任务，也无法阻止逃离农村的脚步。事实上也无须阻止。

（刊于2011年6月16日《北海晚报》“林永芳专栏”）

» “悟空划圈”与“魔王出柙”

话说唐僧师徒西天取经来到金兜山下，唐僧说：“徒弟啊，这一日又饥又寒，为师着实熬不住了。且去化些斋饭，吃了再走。”悟空取出金箍棒，在平地上画了一个大圆圈，请唐僧坐在中间，说：“老孙画的这圈，强似铜墙铁壁，任凭狼虫虎豹、妖魔鬼怪都不敢靠近。师父只在中间稳坐，保你平安无事。切记，莫乱走！”说完，腾空而起，化斋去了。唐僧在圈中等得不耐烦，架不住八戒挑唆说这是画地为牢捉弄咱，说这里又不避风又不避寒，不如启程上路，于是师徒三人出了圆圈，走向山坳，一脚踏进青牛精设下的陷阱。

以上故事，可称之为“给羔羊设限”；另有一类故事，则可称为“放虎兕出柙”。话说《水浒》开篇，天下瘟疫横行，皇帝派洪太尉前往龙虎山上清宫宣召张天师进京祛灾祈福。太尉在山上见到一座“伏魔之殿”，贴着十几道封皮，盖着众多朱印。道士说这是前代老祖师镇锁魔王之处，上面的封皮和朱印是历代天师逐一加上去的，决不能打开。洪太尉大为好奇，强行揭开封皮，撬开石碑。刹那间从地穴里腾起一道黑气，掀塌半个殿角，直冲云霄，化作百十道金光，散到四面八方去了。这就是梁山泊三十六天罡、七十二地煞共计一百零八个魔君下凡的经过，直搅得天下大乱，生灵涂炭，一发不可收拾。

之所以想起这两个老掉牙的神话，是因为这类故事不仅没有绝迹，反而在人间愈演愈烈，几番发酵变形之后，狼的疆土一扩再扩，羊的领域一收再收，直抵生态平衡的底线了。例如，食品安全成为噩梦，“吃什么”让主妇抓狂；又如勤勉诚信者一生寒微，贪渎欺诈者如入无人之境。蓦然惊觉，狼要进羊圈易如反掌，羊要维权却求告无门。“性早熟门”中有一个细节耐人寻味：家长向工商局投诉，工商局让他们找质检所，质检所表示不接受个人申请，无奈只好找到医院，医院称没有检测能力，国家质检总局和药监局旗下的检验中心均表示激素并不在检测项目范围之内。总之，没出事时“五龙治水”，出事后“无龙治水”。在这里，某个品牌是否真有问题已经不重要了，重要的是普通民众危难之际竟不知可以求助于谁。

更可怕的是，舆论一次次沸腾，而社会生态岿然不动。唐福珍引火自焚了，暴力拆迁照样此起彼伏；孙中界断指证清白了，“执法经济”依然如故；张海超开胸验肺了，职业病鉴定还是难于上青天。诸多案例告诉我们：这世界的确有无数条款规定“狼不能吃羊”，只是，羊必须砍下一条腿才能证明自己是羊，而狼却只需拒不承认就可获得“无直接证据表明它是狼”的结论。最近某地又发明了拆迁新招——“不搬迁就抱走你家婴儿”，可见羊们即使蜷缩进自己最后的一亩三分地，也抵挡不住天兵下凡了。能镇魔的封条、能御妖的“铁壁”皆成神话，“不吃人”全凭自觉，吃人后无计可施。司空见惯的倒是，大圣们给唐僧画圈禁足，却忘了施法术挡妖魔于圈外；太尉们放魔君下凡，却不曾给众生贴上辟邪符。伏魔天尊最大的“善意”仅限于发出几声“消费警示”，教你“五招鉴别地沟油”，“友情提醒”说那种青面獠牙的东西就叫作妖魔。至于那根降魔杵，除了配合拍照上电视，一般是不用的。

据说，梁启超曾一针见血地指出：“帝制时代主旋律”——儒学的致命缺陷在于，“只知当如是，而无术使之必如是”。同理，判断一套理论、一套体制的优劣善恶，要害在于不仅要有一系列“当如是”的论述，更要有一整套行之有效的措施来确保狼不能吃羊、吃羊必被捉；换言之，不是看它嘴上说什么、旗上写什么，而是观察它实际做了些什么以及收效如何，特别是看它那金箍棒画出的圈是用来阻挡妖魔入侵，还是用来禁锢和尚脚步。倘若在羔羊面前摧枯拉朽神勇无敌、在魔君面前束手无策甚至欣然助其揭开封条，那么，就算疾呼打倒虎狼、高唱羔羊万岁，又岂会真正成为羔羊们靠得住的救星？

（刊于《杂文选刊》中旬版2010年第10期，《清风》2010年第10期以及2011年《浙江杂文界》等）

» 所罗门的两张封条

打开近日网页，不得不慨叹：这是一个心魔肆虐的时代——留学生机场弑母、鞍山男子残杀老父妻儿、安徽男子17年强奸百余名农村留守妇女、不法商贩花样翻新在食品中掺“毒”牟利……桩桩件件，令人心寒齿冷，疑似不在人间。于是想起《一千零一夜》中那个众所周知的篇章——《渔夫和魔鬼的故事》。狰狞的魔鬼从何而来，当年所罗门用的是什么办法，将它收进瓶中，永沉海底，今天又是哪一个渔夫，撕开了魔瓶上的封条，释放出人性之恶，却再也收不回去？

每个人都是天使和魔鬼的复合体，人之初，既不是百分百的“性本善”，也不是百分百的“性本恶”。因此，所谓魔鬼，其实是“人”的另一面。就连《西游记》中的完美偶像孙悟空，也免不了有个邪恶的六耳猕猴，与他同形同根、本领相当，以致玉帝“法官”的照妖镜也区分不清。最后还是如来佛含笑一语道破：此乃“二心竞斗”罢了。换言之，六耳猕猴只不过是另一个孙悟空。此故事虽只是小说家言，却折射了一个真理：人人身上都藏着一个魔鬼，心魔一旦释放，就连自已也未必控制得住。所以，要紧的是造个笼子，将它禁锢起来，不致泛滥。

那么，几千年来，人类社会是靠什么来打造这样一个笼子的呢？所罗门用什么封条，来封住魔鬼？概而言之，无非两途：一是法律，一是宗教（道德可归为一种广义上的宗教）。前者是来自外部的强制约束，可称之为“他律”或“外部警察”；后者则是植入内心的自我节制，亦即“自律”或谓“内心警察”。而法律也好、宗教也罢，要让人真正信守，都离不开一个基本杠杆，那就是“善恶到头终有报”。只不过，法律体现的是“现世报”，宗教则很可能以“来世报”的理念来修正法律所鞭长莫及的那些角落。当一个人行善却遭到厄运，或者作恶却名利双收，就很容易扼杀其他人心中的善念，激励人向恶靠拢，这时，是宗教告诉人们：不是不报，时候未到，今生作恶来世要偿还，今世行善来生会有福报，所以，善者别气馁，恶者别得意，旁观者不要弃善从恶。——别急着辩驳这是什么“愚昧”、“迷信”和“骗人的鬼话”，无数事实证明，正是这些信念，实实在在地安抚了人心，使一部分“人性之恶”的人老老实实待在魔瓶里，不敢出来为祸苍生，也使无数困惑彷徨空虚的心灵走向淡定踏实，有何不好，何必毁之而后快？

藏羚羊和冬虫夏草的遭遇，形象地反衬了这个“心中警察”的力量。众所周知，近年来，偷猎藏羚羊、滥挖虫草此起彼伏，政府投入大量资金建设自然保护区却收效甚微，以致可可西里自然保护区提出需配备直升飞机才能打击盗猎者。这与近日安徽临泉警方的抱怨如出一辙（百余农村留守妇女被强暴一案曝光后，警方抱怨警力不足、防不胜防）。可从前没有建自然保护区，偷猎却远比现在少，是何故？是因为宗教，包括一些迷信，如把虫草视为神山的肠子、不可挖采，又如对猎人的歧视，客观上都起到了保护生物的效果。

要多少警力，才能看住每一个人身上的心魔？要多少严刑峻法，才能抵得上“内心警察”？蓦然回首，无论是盗是抢还是捕猎或制假售假，归根结底，都源于人心的贪欲。而恰恰是这内心之贪，再严密的法律，再强大的警察，再昂贵的直升飞机也看它不住，唯一能起作用的，只有“心中警察”。痛定思痛，我们不得不认识到：法律有它的幼年期、病卧期，有它的真空地带；法治的力量，远未覆盖到人类社会的每一个角落。尤其在专制制度下，法律沦为权力的妾妇，常常有恶不能惩、有善不能护，何来权威和约束力。而另一方面，人类的心灵如此玄奥，总有一些角落，是物质所无法填满的。哪怕一言九鼎、抚有四海的大独裁者，也会陷入孤独空虚焦躁彷徨；哪怕在成熟的法治国家，哪怕是稳重的成功人士，也难免会困惑于生之意义、死之迷惘。人类灵魂的这些真空地带，物质不能填充，法律不能抵达，只有上帝和佛祖，可以抚慰。所以，所罗门的魔瓶，有两张封条：一张叫法律，它让人“不敢”轻举妄动；一张叫宗教，它让人“不愿”胡作非为。

封条已经撕开了，需要几代人的努力，才能让放走了的魔鬼重新回到瓶中？

（刊于2011年5月4日《济南时报》）

» 有一把屠刀名叫“纯洁”

假设上天给你一个机会，让你去制定一项法律，决定哪一类人必须处死，而且是格杀勿论，人人得而诛之——自然用不着给他（她）什么庭审、质证、抗辩的机会；可前提是，你正好是一个即将下凡轮回的天使，并且不知道自己会投胎为哪一类人。你会如何划定这条“生死线”？

这就是美国政治哲学家约翰·罗尔斯所说的“无知之幕”(Veil of ignorance)。罗尔斯写过一本书叫《正义论》，厚得让人望而却步。幸好，以行文生动有趣、论述深入浅出著称的女学者刘瑜把它概括成了一句话：只有当你不知道自己将拥有什么身份时，才能想清楚什么是正义。

你尽可规定“囚犯都该无条件伏诛”，可“无知之幕”一拉开，你很可能就是佘祥林、赵作海；你也可以规定“处死过囚犯的法官都得死”，可掀开“无知之幕”，你很可能就是那个包青天，曾用三把铡刀让无数罪犯丧命。考虑到命运安排你成为佘祥林和成为包青天的概率完全一样，在落下你那判官之笔时，你才会慎重再慎重，甚或考虑一条中间道路。

例如，对这一争执的求解：要多元，还是要整齐一致？先打个比方，假设草原上有一群黑马，奔跑吃草的路上不断有白马慕名加入。为了保持马群的整齐划一，牧羊犬每天都把当天新来的白马咬死。此时，你当然可以规定牧羊犬该杀，因为它理当为那些无辜惨死的白马偿命；你也可以规定白马该死，谁让它危及了人家用黑色毛皮一统天下的大业。同理，你可以赞美白马，是它为一片黑沉沉的枯燥世界带来五彩缤纷的生机；你也可以赞美牧羊犬，是它鞠躬尽瘁地捍卫着种族纯净。无论杀还是捧，都可以轻而易举地找到充足的理由。那么，该死的到底是白马，还是牧羊犬？

要是让本·拉登来回答，他一定会毫不犹豫地选择：杀光一切白马！22年来，拉登孜孜不倦地发动圣战，不惜号召那些忠心耿耿的追随者，甚至是稚气未脱的孩子们去当人弹，不惜向手无寸铁的无辜平民一次次引爆炸弹，千方百计要杀尽异教徒，理由不就是想用金钱和血肉去实现一个“纯洁伊斯兰世界”之梦吗？现在，他刚刚在美军海豹突击队的枪下丧生，有了重新投胎的机会，并且大概无法预知自己是否还能投胎到先知穆罕默德已经垂青过的土地上。换言之，一旦“无知之幕”拉开，他完全有可能在一个美国人家里呱呱坠地。此时让他选择，他还会坚持“异教徒都该杀”、“美国人（包括平民）都是该死的恶魔”吗？

历史与现实告诉我们，有一种屠刀，名叫“纯洁”。希特勒当年屠杀犹太人，理由就是纯洁的日耳曼卧榻之侧不容劣等犹太民族酣睡；“二战”中日本军国主义者之所以可以对中国军民痛下杀手而无愧疚，同样是因为深信“支那人是该杀的劣等人，清除他们，我就可以成为神”。而穆斯林之外那些高呼“本·拉登是大英雄”的人，却未必知道原教旨主义极端宗教组织的这样一些“圣战理论”：

“在没有穆斯林教义的地方，处处充斥着混乱、压迫和不公”，所以，“必要时诉诸武力，将伊斯兰教的和平和公正传播……不接受穆斯林教义的人们将面对死亡的惩罚”；“许多学者指出，尽管其手段激进，但其根本目标是终极和平”，“目的只是把世界从非伊斯兰统治者的压迫下解放出来”——这是多么耳熟的一套理论！只有我才是真理，只有我才能拯救世界，没有我这套理论的地方，都在水深火热之中等我去解放；只有为我献身，才能上天堂——翻阅至此，不觉得似曾相识且毛骨悚然吗？

还是一位网友评得好：“真的勇士敢于直面淋漓的鲜血，但绝不让妇女儿童和无辜的路人为自己的各色目地祭旗。”

（刊于2011年8月30日《杂文报》）

» 叶名琛：揣度圣意何其难

看完标题（注：原题为《从叶名琛到咸丰帝：生于“勤学”，死于“无知”》），你或许认为本文主角是那种不学无术却浪得虚名的骗子，或者只会读书、不通庶务的“高分低能儿”——非也。名垂青史是需要有一定功底的，哪怕教科书给了他“大奸大恶”或“昏庸无能”的定评，事实也不会是那么简单。有时我们不得不承认：没有一点儿过人之处，休想混到那叱咤风云的位置，哪怕只是称霸官场于一时。

例如，叶名琛。这是中国近代史上大名鼎鼎的人物，有史家认为，咸丰一朝，如果说皇帝最疑忌的重臣是曾国藩，那么他最宠信的疆臣就是叶名琛了。后者几乎一直被倚为长城，官至太子少保、世袭一等男爵、体仁阁大学士、两广总督、管理五口通商事务钦差大臣，当时在广州的外国观察家甚至称他为大清朝的“第二号人物”。

做宠臣是要有本钱的

如此超乎寻常的宠信，究竟是天上掉下来的，还是吹牛拍马骗来的呢？口说无凭，还是让史料说话吧。瞧人家叶大人的早年履历，完全就是一个有学问、有才华、有谋略、有抱负而又肯用功的优秀青年嘛：

26岁（一说28岁）中进士、入翰林院；29岁当上了市长（陕西兴安知府），而且是中央直接任命的，比湖北宜城那位“最年轻市长”更牛吧？此后几乎每年提拔一次，要不就平调到肥缺去。总之，在30岁前后，当今天的同龄人还在为房子、妻子、求职、应聘发愁时，他已经先后担任了主管副省长（山西雁平道）、省盐业局兼缉私总局局长（江西盐法道）、主管司法监察邮驿的省长（云南按察使），最后在35岁前登上了省长宝座（湖南布政使）。

这样一个“火箭式干部”是怎样炼成的呢？首先得益于他的两大优点：一是学术修养深。他自幼勤奋好学，年轻时就“诗文鸣一时”，无论上司、同僚还是部属，都常被他的学问功底所折服。二是办事干练。他刚到陕西兴安当市长，就把这个号称“难治”的地方整理得井井有条，博得“善治”的美名。这可都不是件容易的事。

更难得的是，这个同志不但能文，而且能武。先看对待外敌。第一次鸦片战争后，清廷被迫开放广州、厦门、福州、宁波、上海五处为通商口岸，允许洋人在此自由贸易，史称“五口通商”。此后洋人在其他四个通商口岸都顺利设立了领事处，达到了入城居住、贸易的目的，唯独广州绅民坚决反抗了7年，认为这是对堂堂中华的侮辱，抵死不让入城。叶名琛同志当上省长

（广东巡抚）后，坚决支持省委书记兼军区司令员（两广总督）徐广缙同志走强硬路线，断然拒绝英国人的入城要求，还积极组织团练，准备武力抵抗。此举对于刚被洋枪洋炮轰开国门、屈辱地签订城下之盟的大清朝野来说，真是大快人心。叶名琛因此被封为男爵，成为汉人中极少数获得爵位的高干之一。

那么对待内乱，他的表现又是如何呢？1850年，凌十八率领广东境内的1万多名拜上帝会成员揭竿而起，占领了高州罗镜，与占领广西永安的太平军遥相呼应，兵势不相上下。两广总督徐广缙攻打了一年都劳而无功，叶名琛接任后只用了一个半月就全歼凌十八起义军。此前此后，他还平定了广东各地多处反叛。咸丰帝大喜：外忧内患都能处置，栋梁奇才啊！忙不迭地连续加封他。

一年后，更大的考验来了。广东天地会发动了大规模的洪兵大起义，最后十多万人围攻省城广州，而城内只剩1万来个兵勇，其余都调到外省镇压太平天国去了。好个叶名琛，硬是不等不靠，沉着应变，将洪兵赶出广东，使广东成为当时烽火连天的南中国罕有的一个世外桃源。同样规模的反叛，广西局势糜烂，广东却能自行脱困，怎不让焦头烂额的青年皇帝刮目相看。尤为可贵的是，叶名琛居然还能腾出手来，为外省的湘军购买洋炮，又主动派兵援助江西。当时，其他各省大员只顾本境，他却能以天下为己任，这种风格，大大温暖了咸丰帝的心，使他在手忙脚乱中感到了莫大的欣慰。

这样的好同志，不信赖他信赖谁？皇帝一高兴，把外交事务也统统交给了这位“南天一柱”——当时两广总督所兼任的管理五口通商事务钦差大臣，事实上就是清王朝和西方世界打交道的最高外交官，说是那个时代的“外长”也不为过。

“十项全能选手”也有软肋

这下完了。读过武侠小说的人都知道，武功再高强的人，也有一个“命门”，通俗地说就是致命弱点所在的穴位，一旦击中那里，所有功力都等于零，除了束手待毙，别无他法。这位博学多才的叶“大侠”，吟诗作赋难不倒他，殿试策论难不倒他，仕途滚打难不倒他，揣摩圣意难不倒他，甚至连调兵遣将、筹措军饷之类的高难度动作都难不倒他；可和洋人打交道所需的国际视野，恰恰是他的短板——说句公道话，晚清朝野上下，除了少数几个不受人待见的“边缘人”如徐继畬、郭嵩焘之类敢冒天下之大不韪去广泛接触夷人、深入了解西方世界，此外还有谁敢于并且愿意理性地去睁开眼睛看看那些金发碧眼的异族人都在想些什么、做些什么呢？所以说，对于国际形势的无知，其实是朝野几乎所有人共同的短板。只是叶“大侠”不幸被推到一线，和洋人短兵相接，有了最直接的机会自曝其短，相当于把自己的命门无遮无掩地径直暴露在敌人铁拳下了。

根据儒家经典，天下只有一个中国，其余都是蛮夷；只有一个皇帝，其余都是野蛮部落的酋长，是哭着求着要来做咱粉丝的，自然可以不用理他，哪有什么平等的国际外交。所以，当英国公使包令递交照会要求面谈有关外交或者贸易事宜时，当法国代表布尔布隆在澳门苦等15个月要求会见时，当美国代办伯驾、公使马歇尔先后致函或递交照会时，……总之，凡是西洋人想见面，想洽谈，想交往，叶外长一概以不变应万变：总是说没空，或者说等本督有了闲暇自然会选个吉日和你见面。只要是外国人的要求，哪怕是合理要求，也无限期推脱。于是，在西洋人眼里，叶外长成了“拒不交涉”的代名词。西洋使节们不但无法完成使命，连话都说不上，被本国政府、议会、商民交相责怪，自然十分恼火。他们忍无可忍，试图绕过这块难啃的骨头，联袂北上准备寻找别的突破口，却被告知：只有叶名琛才有权处理他们想办的一切事务。

其实你不懂洋人的心

用今天的思维方式和国际惯例来看，叶外长和洋人打交道的方式真是可笑之极。可问题是，当时举国推崇的所有经典都是这么教导他的呀。几千年来，老祖宗不都这样居高临下地对待外夷的吗？遗憾的是，我们还是我们，夷人却早已不是当年那些落后于中华、仰慕于中华的海外粉丝了。

洋人满肚子火，却又连个上访的地方也没有。外交途径既已不通，遂开始谋求军事解决。现在，缺的只是一个借口。

机会终于来了。1856年10月，有人举报说一条名叫“亚罗号”的船是海盗船。广东水师登船检查并带走了12名中国水手。此船曾在香港登记，勉强算是英国船吧。尽管登记证已经过期12天，可英方还是趁机大做文章，还诡称水师官兵扯下了船上的英国国旗，要求放人、道歉。叶名琛不肯，几经周折，只同意放人，却坚持说没扯落国旗，拒不道歉。于是，英军开火攻打广州。第二次鸦片战争就这么打了起来。

瞧，人家英国人已经铁了心，既然谈判桌不开张，那就用大炮军舰来说话吧。可叶外长不但无从获悉这一点，还做出了一个致命决策：贴出悬赏告示，无论军民，凡杀一名英国人，就给30银元，凭首级领钱。英国人一下子陷入了恐慌。叶名琛成了他们眼里不共戴天的“广东屠夫”——要发财？不能留他！要保命？也不能留他！当然，最好的办法就是丑化他，以便为战争披上合法外衣。毕竟，要扳倒这块又臭又硬的绊脚石，总得有个给力的理由，否则议会哪肯批准这笔战争经费呢。

后来的结果众所周知。叶名琛无险可守、无兵可用（正规军还在与洪兵作战），更要命的是，中英双方军队的差异已经大到无法一战的地步，几乎可以视同正规军屠杀平民。在这个背景下，尽管有历史学家说叶名琛运用间谍战、贸易战和袭扰战积极抗击，可广州城还是没费什么力气就被攻破了。叶名琛镇定自若，没有逃走，被英军活捉，送到印度的加尔各答囚禁起来。他后来自辩说，自己之所以没有自杀殉国，是听说会被押送到英王面前，想趁机找英王当面论理，质问为什么订了和约还开火。这话是真是假已难以证实，反正，囚禁中他以“海上苏武”自许，最后发现根本到不了英国，自己家乡带来的粮食又吃完了，“耻食周粟”，于是绝食而死。

可怜叶名琛，大概至死还觉得自己按照圣人古训尽了力，殊不知广州一战败，咸丰帝就把他抛弃，削职夺爵，并对英国人宣布：这个狗奴才已是废人一枚，没有任何价值，别以为可以用他来要挟我堂堂天朝！可笑英国人还把他视为东方拿破仑，绞尽脑汁将他囚禁在远离中国本土的地方，生怕他迅速被营救出去呢。谁知大清皇帝压根就没想过要救他。如此冷酷无情，英国人没想到，不知叶名琛自己是否也没想到？但可以肯定的是，“博学多才”的叶名琛，最后死于无知——既是他自己对世界形势的无知，也包括西洋人对中国国情的无知，还包括他对于帝王心思的“睁眼瞎”——猜了一辈子“领导意图”，靠领导的欢心飞黄腾达了大半生，终究还是没把人家猜透。

“无知”不是你一个人的噩梦

说到这里，你认为这只是叶名琛一个人的滑铁卢吗？不！薄情寡义的咸丰帝，其命运也好不了多少，甚至可以说是殊途同归——他也算“生于勤学”。爹娘为他指派了当时全国最好的饱学鸿儒杜受田做专职家教，可谓从小得到名师指点，“久读孔孟圣贤之书，熟于性理名教之义”，文字功底、书画水平都还算不俗，尤其是对于传统帝王机心、驭人之术烂熟于胸，虽说不是一代英主，甚至被称为无远见、无胆识、无才能、无作为的“四无皇帝”，但也不比当今寻常高校的优等生差。否则当初争夺皇储位置时，怎会连天纵英才的奕䜣也成了他的手下败将。

他也算“死于无知”。因为不屑于过问“夷人”之事，对国门以外的世界茫然一片，对当时的国际社会行为规则、海外各族思维方式更是闻所未闻。一旦接手对外事务，举措之可笑，令洋人目瞪口呆。例如，广州被英法联军占领后，咸丰帝竟采信了两江总督令人啼笑皆非的理论：“粤事应归粤办。上海华夷并无嫌隙，应当照常贸易”，允许其他各省与英法和平共处，甚至称兄道弟，酒杯照举，生意照做。于是，两国交战，而上海港却依旧向英法军舰敞开怀抱，做了敌军南下北上的中转站和补给基地。又如在英法俄美等国的刺刀下签订《天津条约》、《瑷珲条约》，以及后来派员在上海和洋人进行关税谈判时，这位皇帝对于降低关税、割地赔款等关乎国计民生的大问题毫不在意，对于“允许外国公使派驻北京”、“觐见皇帝时用西方礼节”等条款却极其敏感，宁可重新开战，也要力争避免此条。甚至还想单方面宣布关税全免，以换取外国公使不驻京。这样的见识和思路，怎能不败亡？

因为“文化偏食”，所以“东亚病夫”

说起来，造成满清君臣这一畸形知识结构的罪魁祸首，正是当初苦读精研的那些“先贤宝典”。换言之，如果不敢批判体制的话，至少可以这么说：都是教材惹的祸。是“文化偏食”，造就了长期病弱的民族“体质”。

以1836年为例。那年正月，六虚岁的皇四子奕詝（咸丰帝）穿戴整齐来到上书房，拜杜受田为师，开始潜心研习成书于两千多年前的《论语》、《孟子》、《大学》、《中庸》。而在地球另一头，又发生着什么呢？——这一年，是蒸汽机的发明者瓦特诞辰100周年，是伏特发明电池的第34年，是莫尔斯发明电报电码的第二年，而达尔文正随船作全球考察，研究生物；这一年，贝多芬已去世9年，巴尔扎克正处于《人间喜剧》的创作高潮，马克思在柏林大学攻读法律和哲学，而欧洲又进入新一轮的经济

危机。……（转引自茅海建《苦命天子》）

按照现代教育学理论，我们尽可指责当时教材选择太过狭隘陈腐；可那时的中国，即使是知识精英，也认为“四书五经”们是学问的顶峰，其他都是不屑一顾的歪门邪道啊。书中自有黄金屋，书中自有颜如玉，书中自有千钟粟，这里的“书”字，指的可都是上述古老卷宗，而不是什么现代科技或人文——几千年不都这么过来了吗？

平心而论，叶名琛也好，咸丰帝也罢，这些“生逢末世”的君臣们，不能说全都没有宏图壮志、没有竭尽所能；甚至其中颇有一些“博学”之士，努力试图用老祖宗传下来的“万能处方”去补天。怎奈他们所“博”之学，压根就只适用于关起门来“自摸”，只能唬弄自己篱笆墙内那些被枪杆子胁迫着圈禁了上千年的顺民。一旦篱笆被风化，面对墙外闻所未闻的大千世界，自然一齐沦为无知的蒙童。就像一个毕生只吃一种食物的人，在经年累月的“偏食”下早已罹患严重的“缺素症”，一触即溃又何足为奇！

（刊于《百家讲坛》红版2012年第5期）

» “尽责”与“渎职”之间的力学权衡

“我们连一位镇长、镇委书记都扳不动，只能扳动村长、村党支部书记。”2014年年初，清华大学法学院教授、博导张明楷引用“一位在某省检察院反贪局工作的检察官”的话，感慨检察权“越来越不独立”（《刑事司法改革的断片思考》，见《现代法学》2014年第2期）。那么纪委情况又是如何？倘若纪检监察权想要奋发有为、勇于担当，需要跨越哪些障碍？

先重温一则曾引用过的明末旧事吧。崇祯帝刚登基那年，决心反腐倡廉拯救大明帝国，向全国公仆发出了“文官不爱钱”的号召。户科给事中韩一良一时冲动上了份《劝廉惩贪疏》，说：我这两个月就推掉了别人送我的五百两书帕银（约合人民币20万元），我官位小、交往少尚且如此，其他可想而知。伏请陛下严惩那些做得过分的家伙。崇祯读罢大喜，当庭表示：一良忠诚耿直，我要破格提拔他当佥都御史（监察部部长助理）。他以为自己物色到一个又红又专、敢于担责的中纪委官员了呢。吏部尚书（中组部部长）王永光立即挺身而出，要求韩点出具体名字，究竟谁做得过分，谁送他银子。韩一良傻眼了：这不是一下子置我于“百官公敌”的炉火之上了吗？！他闪烁其词，死也不肯点名，遂被削职为民。

刚被钦点为中央监察官员的韩一良，何以刹那间成了“一吹就硬、一戳就蔫”的气球？由此，可以窥见一个连皇帝也拿它没办法的铁律：印把子是需要坚实的基座来支撑才能有效发威的，你给他一顶乌纱帽，不等于他就有了降妖除魔的实际法力，一切还得看它在整体权力格局、利益格局中是否已具备撼不动的力学基础。此刻韩一良处在怎样一个“力学格局”中呢？支持他的力量有三：一是良知，二是民意，三是刚刚登基、急于做出一番事业的十七岁少年皇帝（那顶还没正式到手的“佥都御史”官帽，可以视为“皇帝支持”的一种象征和延伸）；阻碍他的力量有三：一是送他五百两书帕银的当事者，二是其他更多收礼送礼者，三是涉嫌“用人不察”的吏部尚书，这三者合起来约等于整个官场。众所周知，专制条件下，“良知”这东西没有力量支撑，“民意”这东西没有组织保障，皇帝的支持则因“君心难测”而变数太大，三者没一个能真正保障他的安全；相形之下，那个站在他对立面的庞大官僚阶层才是组织严密且可以立马发威吃人的猛兽啊！得罪整个官场比死还可怕，韩一良哪敢再错第二次。

毋庸置疑，当官必须尽责，权责一体两面。唯因此，林则徐那句名言才深入人心：“苟利国家生死以，岂因祸福避趋之”；而“好干部20字标准”中，“敢于担当”甚至还排在“清正廉洁”之前。可现实中，无论党政“一把手”，还是公、检、法、纪委“一把手”，真要做到“讲真理不讲面子，讲原则不和稀泥，敢于正视问题不回避、承担责任不推诿、直面矛盾不上交，平常时候看得出来、关键时刻站得出来、危急关头豁得出来”，除了个人要信念坚定，除了克服上述“三种反作用力”，至少还得克服另一个根深蒂固的反作用力：人情。

不妨看看另一个故事。乾隆三十三年，皇帝获悉两淮盐政卢见曾涉嫌贪渎，立即下令严查。纪晓岚得知消息，顿时坐立不安——卢见曾之孙就是自己的大女婿啊。亲家濒临灭顶之灾，心爱的长女即将家破人亡，怎么办？他用空白信封装了少许食盐、茶叶封好，只字不写，连夜派人送到卢家。卢见曾反复揣摩，终于悟出谜底：“盐案亏空查（茶）封”，急忙转移资财。朝廷查抄，一无所获。纪晓岚被“从轻谪居乌鲁木齐”，卢见曾则被处以绞监候（《清高宗实录》卷八百十四、《清朝野史大观》卷六）。可有趣的是，十几年后，纪晓岚多次执掌都察院。也就是说，一个曾有“枉法泄密”前科的人，成了乾隆、嘉庆两朝资深纪检监察主官。这是不是意味着，就连皇帝，也默认“人情大过天”，因情枉法，情有可原？

不得不正视的是，迄今，中国社会依然是人情社会、关系社会、熟人社会。“人情”、“面子”文化已烙进每个人心灵深处，影响着每个人的行为举止。中纪委第四纪检监察室原主任魏健，不就选择了向周永康通风报信吗？照以往的人生经验，徇情枉法的确常能逍遥法外，依法尽责反而步步惊心。谁能料到这回翻了车呢。

如果说割不下利益权衡、撇不开人情世故曾经是影响“担责尽职”的两大反作用力，那么，现在，“力学格局”似乎已在逐渐改变了——高层铁腕治四风、限特权，且多次痛斥“为官不为”，疾呼“敢于担当才是好干部”，为想干事者扫清了少许障碍；倘若再通过法治建设来为每个有志于奋起尽职的人提供足以对抗上述“反作用力”的坚强后盾，还须顾虑什么？

（刊于《清风》2014年12期）

» 权利“睡美人”与权力“半衰期”

看过《侏罗纪公园》的人，或许还记得这个情节：科学家从琥珀中找到蚊子，提取它吸过的恐龙血，从血中提取出恐龙的DNA。复活霸王龙、征服全世界的“伟大理想”由此而生。可我们知道，恐龙一族早在六七千万年前就灭绝了，那么，现实中，DNA果真能保留那么长时间吗？恰好，新西兰的一项研究显示：DNA半衰期约为521年。换言之，每过 521 年DNA内部的化学键就会断裂一半。就算在最理想的保存条件下，150 万年后，这些化学键也已破碎得完全无法解读；最多 680 万年，这些化学键就会分解得一个不剩，拿什么去“复活霸王龙”？

其实，世间万事万物，大抵都会衰变，都有自己的“半衰期”。例如，“婚姻是爱情的坟墓”一语，折射的就是男女激情的半衰期；“人无千日好，花无百日红”折射的是健康的半衰期、色素的半衰期；而“人一走，茶就凉”，折射的则是友谊的半衰期、权力的半衰期。

这就对了——幸亏权力有半衰期。为什么这么说呢？幼时在农村老家喂鸡鸭，抓一把谷子撒出去，鸡鸭们总是一拥而上，激烈哄抢。那些个子瘦小挤不上前的、个性文雅不忍抢的、动作矜持抢得慢的，往往只能捡到人家吃剩的、挑剩的几粒秕谷；而越是抢不到吃食就越瘦弱，下一轮抢食大战中越是被挤到边缘挤出局，在浩浩荡荡的鸡鸭群中一眼就能辨识出来，乡亲们将它叫作“痞落鸭子”（掉队者）。这是我人生中第一次掌管这么多生灵的生存资源、发展资源配置权。出于与它们朝夕相处的那份深情厚谊和恻隐之心（更关键的是，我吃米饭不吃鸭食，它们不对我构成竞争威胁），我会特地给“痞落鸭子”们单独开开小灶，好让它们不至于掉队太远。可到了人类社会，那些握有资源配置权的阶层对待举国芸芸众生哪有我这“农业童工”对自家小动物那份垂怜，而资源总量有限、优质资源更是稀缺，对这种只会和自己竞争资源的陌生“痞落人”，你让人家如何永葆恻隐之心？假如权力没有半衰期，拿什么来阻止人家世世代代将优质资源无限倾斜到自己的“近水楼台”去？

正因权力有半衰期，所以，举凡权臣，莫不趁自己还大权在握之际布好“接力棒”，期望自家权势“半衰期”比DNA的还长。就连蒋介石，也知道“经国吾儿”才是最靠得住的接班人。说起来，还是三国两晋南北朝光明磊落，人家旗帜鲜明地将门阀制度写入庙堂，士族免徭役，婚姻论门第，朝廷直接按门第高下选任官吏。龙生的就当龙，凤生的就做凤，老鼠的孩子你乖乖地继续打洞吧，区区一个左思，写几句“郁郁涧底松，离离山上苗。以彼径寸茎，荫此百尺条。世胄蹑高位，英俊沉下僚”，哀则哀矣，愤则愤矣，能奈我何！

可惜，世袭的强大惯性却并未随着门阀制的没落而寿终正寝，一旦权在手，很容易就生出“想给谁就给谁”的感觉。更可惜的是，即使他真的“全家腐”，也未必一定会落到要在监狱里照全家福的下场。羊年伊始，中国最年轻“70后”少将之一郭正钢落马。众所周知，军旅之人，和平年代要把“大校”肩章换成“少将”肩章，可谓难于上青天。若非有个不一般的爹，郭这几年怎么可能坐着火箭往上飞？更何况是在早已污名远扬之际“逆势而进”戴“将星”，让人很难不联想到，这分明是那件名叫“权势接力抗衰变”的内衣一不小心走了光。可是，走光的不止他一个，落马的却总比走光的少，遑论还有许多人技术高明，可以将内衣遮得严严实实，让你永远只看得到他无隙可乘的外套。

卑之无甚高论，不就是因为民众的许多权利尚未激活吗？例如，现行《宪法》第二条规定的“一切权力属于人民”，第五条“一切法律、行政法规和地方性法规都不得同宪法相抵触”，“任何组织或者个人都不得有超越宪法和法律的特权”，又如党员的批评建议权，人大对政府官员真正意义上的选任、罢免权、否决权、质询权，《立法法》赋予公民的法律审查建议权，等等。许许多多的“睡美人”条款，都还在盼着哪个王子能来把自己吻醒。可“睡美人”太多，王子不够用，更何况王子未必有时间，也未必每个“睡美人”他都看得上呢。

什么时候，权力能够如期“半衰”乃至“全衰”，权利不再“被沉睡”，“法治中国”才不再只是梦。

（刊于《清风》2015年第6期）

» 其实我明白

有一些众所周知的常识，其实我都明白。

我明白，自己是一个严重缺乏战斗力的人。凡是需要争抢的场合，我几乎无一例外地总是那个沉默的旁观者，抑或寂寞的失败者。

若干年前我在车站候车，每趟班车到站，我都迅速站起来，赶到车门旁边。可是，一次又一次地，我被争先恐后的人潮挤在车外，眼睁睁看着班车走了一趟又一趟。最后，多亏一位打抱不平的男生拼死将我拉上车，才摆脱困局。

上次节日游园活动，曾是定点投掷冠军的我，按规定在投弹组排队，准备一显身手。然而身边的人们却一哄而上抢夺参赛道具，直到三十轮投弹比赛鸣锣收兵，我也没能得到上场的机会。

清明回乡祭祖，半路堵车，我们遵从交警的指挥将车后退二十米以便给对面的车流让出通道，不料刚一后退，身后的二三十部大小车辆就一拥而上扬长而去，顺便把我们的车挤到边沟。好不容易到达目的地，同行的阿五已在悠闲自得地喝茶并笑话我了："你就退吧让吧！我到这儿都休息半小时了……"

日常小事尚且如此，更别提升迁、加薪以及诸如此类关乎长远利益的人生大计了。多年来，尽管勤勉敬业尽职尽责，却始终原地踏步做"一线服务员"，完全靠造物主一时打瞌睡或心血来潮，才得了些许嘉奖。可多少年才终于遇上这样一次打盹？我的人生又有多少年？

智者云：面对机遇，坐等并且屡屡错失的，是为凡人；坐等之后能够及时抓住机遇的，是为强人；主动创造机遇的，是为超人。扪心自问，我甚至有些窃喜自己只是被归为"凡人"之列——想想啊，这位智者没将第一种人称为"庸人"、"蠢人"，已经够客气的了。

我明白，"同情弱者"早已沦为遥远的历史名词；"礼让三先"实践起来更是代价惨重。尽管人们偶尔也将它们挂在口头或纸上，可骨子里信奉的是"可怜之人必有可恨之处"。敢于竞争、善于抢占制高点已是生存的必修课，"成王败寇"、"笑贫不笑娼"已成惯例，世界早已不崇尚病黛玉的葬花吟。倘若还想别人对你保留一丝尊敬，最聪明的办法是：别让人知道你毫无抢夺能力。

可是，我已经做不到！我的牙齿已被"温良恭俭让"的古训连根拔掉，我的爪子已被"君子动口不动手"的戒尺彻底打折。我明白，倘若人生如树，那么我的树干已定型，扭不过来了。自己这辈子算是没指望了，只好把希望寄托在孩子身上，但愿他成功地摆脱绵羊的基因，进化为猛虎，纵然不吃人，也可免于被吃。可是，那天，看到寒风中捡破烂的老者，孩子飞跑过去将自己刚买回来的最后一袋包子塞给了老人，宁可自己挨饿。第二天，邻居杀兔子的时候，孩子竟然痛哭失声！替他擦着眼泪，我比孩子还悲哀：近朱者赤，近墨者黑，兔子终究进化不成猛虎。

因此，我明白，我之所以力挺文明、民主、法治以及“费厄泼赖”，其实是有私心的，那就是，明知自己在丛林社会里必将尸骨无存，不可能活着看到明天的太阳升起；文明与秩序，是我唯一的活路。

当然，我还知道，我虽然“失败”，却并不孤单。这世界，和我一样的生命还有很多——尽管人多未必意味着光荣，但的确很多，很多。

（2011年12月28日《济南时报》，2012年3月13日《杂文报》，共青团河南省委《时代青年（悦读）》杂志2012年第5期先后刊发或转载）

世相纵议

» “规则”的铁条为谁而弯

这是一个“神童”辈出、“破格”不断的时代；这也是一个“神童”终于能被偶尔打回原形的时代。2013年4月21日，山东金乡鸡黍镇25岁女镇长韩寒及其父济宁市组织部副部长韩东亚同日辞去现职（2013年4月23日《新京报》）；22日，沸沸扬扬的湘潭27岁副县长一事也有了初步说法。尽管依然坚称未发现严重违规、未找到人为操作的证据，尽管大都是诫勉谈话、批评教育、警告处分等轻飘飘的“处理”，尽管副县长本人官位依旧，但好歹承认了存在“程序瑕疵”，处理了6名官员（2013年4月23日《潇湘晨报》）。

可在这些谜案中，无论质疑方还是辩护方，几乎都着眼于“程序是否合法依规”。殊不知那套“程序”本来就是人家自己制定、自己执行、自己说了算，只要稍有点耐心，便可做到“合乎程序”。若非偶尔操之过急，哪有可能让不得其门而入的旁观者找到破绽？倒是官员的真实看法，值得玩味。济宁市委宣传部一位负责人就对媒体抱不平：在没有确凿证据前，不能说她的升职与她父亲有关，“只不过她父亲是个干部，但干部的子女就不能正常升迁吗？”

此语乍听起来也很有道理：领导的孩子也是人，生而平等，逆向歧视也不对嘛！可问题是，“五年七换岗、次次皆破格”为何没有发生在一个草根子弟身上？从去年的“湘潭神女”王茜到眼下的湘潭徐韬、济宁韩寒，为何火箭式提拔的都是“领导的孩子”？难道“自古神童出衙内”，“王侯将相确有种”，茅屋就真出不起优秀人才吗？这位宣传部官员只看见了“硬币”的一面，却忽略了另一面，倒也未必是刻意要“为领导说话”，只是身处其中浸淫日久，早已习惯于“站在领导的角度看问题”，以致眼里只看得见“领导干部的孩子也有正常升迁的权利”，却看不见这短时间内N次破格集于一人之身已根本不好意思再用“正常升迁”来形容，更看不见海量的草根孩子无论怎样出类拔萃、怎样埋头苦干，倘若没人为其“说话”，即使熬白了头也难获提拔，遑论“破格”，遑论一“破”再“破”。

资历的“篱笆”、程序的“铁条”不是不可以弯，而是为何只为官二代而弯，却鲜见其为寻常草根孩子而弯。傻子都知道是怎么回事，但就是“查不出问题”，是何故？

可怕的不是官员的儿女纷纷成了“神童”，而是寒门“无”贵子——从相关的曝光事件看，在异常激烈的选青和公考竞争中，脱颖而出的总是“官二代”；而与此同时，许多先天“没背景”、后天又“不结网”的优秀基层人员，即使人人称赞，也未必跳得出那块摸不着、看不见的“玻璃天花板”。寒门子弟“年年被考核，次次没结果”的例子决不罕见，更多的人甚至连进入“组织视线”的机会也没有。

马丁·路德·金说：“我梦想有一天，深谷弥合，高山夷平，歧路化坦途，曲径成通衢，上帝的光华再现，普天下生灵共谒。”是的，我们不敢奢望起点公平，因为那根本不可能；可一个现代国家，至少应该让其国民能够获得规则公平、机会均等的待遇，而不是在不同出身之间形成如此冰火两重天，给人们留下太大的想象空间。

» 我们痛斥冷漠，我们漠然路过

小悦悦走了。关于路人的表现，有媒体直呼：“路见不平，熟视无睹——中华路人到了最缺德的时候！”是啊，19个路人中只有1个伸出援手，冷漠指数高达95%，这不是个“最缺德的时候”又是什么？

可是且慢。看看媒体，看看网络，看看你我身边，茶余饭后慷慨激昂谴责路人之冷漠的，对小悦悦无比同情关切并为她大声疾呼的，挺身而出传递各种真假“撑腰体”力图唤醒良知的，……绝对超过99%。“你是×校人，看到老人摔倒了你就去扶。他要是讹你，×校法学院给你提供法律援助，要是败诉了，×校替你赔偿！”“你是××媒体人，看到老人摔倒了你就去扶。他要是讹你，××媒体给你提供深度报道支援，要是败诉了，让你上‘封面’！”——多么感人的豪言壮语啊！讨论与反思席卷全国，热血和温情溢满人间，你怎能说它冷漠？

这就是我们的世界。一边是事发现场95%的冷漠，另一边是坐而论道时99%以上的温情；一边痛心疾首地为“见义勇为”奔走呼吁，一边在他人的灾难面前袖手旁观——到底哪个才是真实的我们？有人说现场的冷漠才是真实写照，网络的义愤不过是虚伪矫饰。我不同意此说法。平心而论，二者都是我们内心世界的真实写照。换言之，我们都具有双重人格，一次又一次，在“麻木”与“热忱”之间二元分裂。

至此，不禁有两问：首先，我们为什么做不到彻底的漠视，为什么还有热血，还有期盼，哪怕仅止于网上，仅止于口舌之间？为什么还有痛感而不是被彻底的“麻木”一统了江山？它分明告诉我们，人心总是向善的，善心如同离离原上草，冰雪压不绝，野火烧不焦，无论气候土壤多么不适宜，无论巨石压得多重、多久，总有那么多人，强烈渴望一个没有潜规则和黑幕、只有温暖与真诚的清平世界。

于是有了第二问：既然都渴望温暖，那么冷漠来自何方？为什么，心里盼的是龙种，手里播的却都是跳蚤？是什么，让我们该出手时不敢出手？人心都是肉长的，扶起一个摔倒的老人、被撞的幼儿费不了多大力气，最主要的原因还是在于顾虑。是互相提防、彼此猜忌，怕被怀疑，怕被讹诈，怕自己的一念之善会带来无尽的麻烦。换言之，怕好心没好报。

需要多少次强有力的耳闻目睹，才会让这么多人深信“作恶”可以“无忌”、“行善常有恶报”啊！只有“惩恶扬善”的利剑长期沉默，不仁、不义、不信甚至为非作歹而大富大贵的例子遍地开花，才会将“低成本作恶、高成本行善”的恐惧深深刻进每一个人心头。当人们相信热血很可能会让自己大出血，便有了无孔不入的冷漠。久而久之，冷漠便成为条件反射。

近日国务院正在部署制定社会信用体系建设规划，加大惩戒失信行为力度。我不知道这是否可算作是给“善不能彰、恶不能惩”开出的一副猛药。但可以想见的是，倘若公权机构及其代言人不能以实际行动守信、守善，明知其“好”而弃之，明知其“歹”而取之，明知其恶而不改，明知其善而不为，除了“既得利益”之外不恪守任何底线，那么，一般民众很难不上行下效；这个处方能有多大疗效，也就不问可知了。就算立法强制“见死必救”，又怎能填平“善愿”与“善果”之间的这道鸿沟？

（刊于2011年 11月1日《杂文报》，2011年11月10日《北海晚报》）

» 世袭的底线

韩联社6月2日报道，韩国国家情报院证实了朝鲜国防委员长金正日三子金正云被确定为接班人的情报。看来，罕见的三代世袭即将成为现实。自然，有人欢庆，有人皱眉。

可皇权的庆典，是否就等于民权的绝望呢？也未尽然。英国、日本等国家的实践证明：王位可以世袭，只要权力不世袭；台湾地区和古巴的情况则显示：倘若不幸权力也世袭了，那么，制度和观念切莫世袭，如此也还有望。蒋经国从父亲处继承最高权位之后，亲手终结了国民党一党专政、最高权力密室授受的古老制度，被誉为“台湾民主之父”，可见他并未承袭乃父的政治观和权力观；劳尔·卡斯特罗继承其兄职务后，在上任的第五天就签署了两项联合国的人权条约，并随之在国内展开一系列扩民权、解禁忌的改革，如解除民众使用电子产品的禁令，解除农民购买农业物质的禁令，允许播放外国电视，放宽出境限制等，以致其兄菲德尔·卡斯特罗公开宣称对接班人的改革“很失望”。由此可见，只要观念不世袭，民权就还有希望。也正因此，当金正云被确定为接班人的消息传出之后，人们普遍关心他的教育背景；当得知所谓“金正云曾就读于瑞士伯尔尼国际学院、具有西方教育背景”这一消息纯属张冠李戴时，颇有一些人倍感遗憾。

国民的信仰和皇帝的信念一样可以影响国家的未来。因此，万一不幸只能生存在一个世袭的国度，也无须丧失信心。请记住，要紧的不是皇帝姓什么，而是国民信什么。唐朝皇帝可以不姓李，而姓武；中国皇帝可以不姓朱，而姓爱新觉罗；甚至，可以不叫“皇帝”，叫“总统”、“委员长”、“主席”。可那又如何？只要国民普遍接受如今平壤小学生所喊的那类口号，诸如“誓死保卫伟大领袖”、“伟大领袖的亲密战友、革命事业的唯一继承人——英明的某某某”，那么，无论皇帝穿哪一件新衣，无论皇帝的新衣是“龙袍”款式还是西装款式，是叫作“世袭罔替”还是叫作“推举”、“选举”、“全票通过”，结果都不会有本质区别；哪怕将议会民主制完整移植，也不会摆脱威权政治。

广义上看，今天披着“西装”的国度，几乎无一例外都是从“龙袍”脱胎而来。那么，这些“龙袍”之树是如何结出了“西装”之果？或迟或早，或紧或慢；以不同方式，通过不同途径。大而化之，一是营养改善，二是土壤改良。创造条件使威权国家的领袖能够全面接触不同文化、不同理念，克服“文化偏食”，继而推动变革，这就是营养改善；通过滴水穿石、持之以恒的努力，逐步改变国民的文化、信仰、观念，使人本、自由、法治、分权、制衡成为举国共识，使贩夫走卒、渔樵耕读都知道民权至上、官权民授、民众的选票是政府执政的唯一合法来源，这就是土壤改良。

在世袭之花盛开的日子，想想世袭也有底线、有药方，便可不绝望。

（注：当时，由于刚开始披露点滴消息，官方尚无统一译名，外界只能音译，各媒体起初的报道均为“金正云”。）

（刊于2009年6月12日《杂文报》）

» 国际宽容日：最难的是宽容异己

11月16日是联合国教科文组织设立的“国际宽容日”。设立这一主题日，旨在强调，在多元社会里，应通过普及宽容方面的教育使人们平等、和谐、和平地生活在一起。可是，你知道这个日子吗？在一个强调“统一思想”、“统一意志”乃至“统一行动”的制度和文化语境里，有多少人真正愿意放下脖子上竖起的好斗之羽，留几分钟关注一下“宽容”的话题？

宽容二字，说来容易做来难。因为，为了宽容，你必须超越一切受冒犯、被顶撞、被忤逆甚至被蔑视的激愤，压下你勃然大怒的冲动，按捺住拂袖而去的决绝，打消你报复打压的念头，去倾听那些与己不同的想法、说法和做法，看一看，人家为何会这么想、这么做，是不是也有其合情或合理之处？该怎样才能达成共识、取得谅解而不是动辄决裂、诉诸阴谋与暴力？这就像汉字“忍”的字形所暗喻的那样——先要在心上搁得住一把刀，然后才做得到真正的宽容。

宽容有三个层次：一是原谅身边曾经误会过你、冒犯过你的亲人、爱人和朋友，不计前嫌，和好如初；二是宽容你的邻里、同事、合作伙伴，不计较他们那无关大雅的缺点；三是宽容那些挑战你的权威、触犯你利益的异己之人，求同存异，给他们以真诚的怀抱，理性协商、合理妥协、和谐共处。第一种宽容不难做到，毕竟，有亲情、爱情、友情作为黏合剂，没什么疙瘩是解不开的，没什么恩怨是化不了的；第二种宽容虽然稍难了些，但随着年龄的增长、视野的开阔，一触即跳的所谓“血性”会慢慢消退，“难得糊涂”的淡定襟怀会逐渐养成，不再苛责，也就能够宽容他们；最难的是第三种宽容，因为它意味着低下自己的头颅、放弃自己的权威、承认别人的智慧、正视别人的诉求、割舍自己的利益。

可诚如联合国秘书长潘基文所言——“建立宽容和理解是二十一世纪的根本；我们的目标肯定不仅仅是和平共处；真正的宽容离不开自由表达思想、人人享有优质教育、尊重人权以及共享文化以促进互相了解。在这一互连的世界里，为解决紧迫挑战，实现更美好的未来，我们需要和谐，而提倡宽容正是创造和谐的必由之路。”

因此，有必要普及这一理念：真正的强大，不是有力量去消灭异己、将其打翻在地再踏上一只脚令他（她）永世不得出声不得翻身，而是“五有”——有毅力去改变那些有可能改变的事，有肚量去容忍那些不能改变的事，有智慧去倾听他人与己不同的观点，有胆略去接受他人于己不合的诉求，有勇气去纠正自己已经做错的事。倘能如此，我们与宽容的距离，也就不再遥不可及。

（刊于2012年11月17日《大河报》）

»　“用拳头统一思想”是文明的死敌

1月13日下午，作家李承鹏在中关村图书大厦进行新书签售活动时，遭到一名男子掌掴，袭击者边逃跑边大骂汉奸。北京市公安局官方微博称，该尹姓掌掴者自称因反感作者所著新书内容，遂借签名之机动手（2013年1月14日《新京报》）。

这已不是第一起因“不同意你的言论”而出手打人的事件了。打人者甚至忘不了声明自己“也主张说理”、“也反对打人”，但坚决认为“有些人就该打”。那么，在他们看来，“该打”的到底是哪些人呢？从2008年学者阎崇年在无锡新华书店签售时遭年轻男子楚徽掌掴，到2012年“9·18”游行中北航教授韩德强以“侮辱毛主席”为由掌掴白发老人，再到如今的“掌掴李大眼”，一个共同的脉络就是：你的看法和我不同，所以你就是汉奸；你是汉奸，所以我就可以打你。撇开那些漂亮旗帜，简言之一句话：因为你和我观点不同，所以你该打。

当一个人信奉“拳头哲学”时，什么耐心倾听，什么理性探讨，什么文明争鸣，都休想再进入其考量之列；哪管你是手无缚鸡之力的书生，还是老人孩子，先揍一顿再说。这与那些仅仅因为“看你不爽”就挥拳相向甚至挥刀夺命的街头混混，又有什么实质区别呢？

十八世纪法国启蒙思想家伏尔泰曾留下一句广为传颂的名言：“我不同意你的观点，但我誓死捍卫你说话的权利。”而今历史的车轮已越过二三百年，人类社会早已从黑暗的中世纪丛林状态进化到了今天以对话、协商、理性、兼容为主流的文明世界，可总有人习惯于“说不过就骂，骂不过就打”，“你若不同意我的观点，我就要打得你说不出观点”。你的脑子必须按照我的逻辑来运转，你的言论必须按照我的好恶来出声，总之，你一定得听我的，否则你就是人人得而诛之的坏人。

是什么让打人者坚信自己拥有“掌掴权”以及“道德豁免权”，认定“用拳头说话才是正义，用舌头说话就是汉奸”？很显然，那是因为他坚信自己是在捍卫真理。可什么是真理、什么是谬误，谁说了算？谁给了你铁口判正邪的专断之权？你所捍卫的那位伟人，不也曾抨击过国民党当局的“思想专制”、“用暴力箝制言论”吗？

真正“给祖国抹黑”、“有损祖国利益”的，不是别人那让你“听着不爽”的言论，而是你自己那以“爱国”名义掌掴异己者的行为。须知，检验真理的标准是实践，而不是巴掌；“用拳头统一思想”，才是文明的死敌。

看来，时至今日，依然有必要努力普及以下理念：你可以用自己笃信的方式去生活，但不可以强迫别人爱你所爱、恨你所恨；真正的强大，不是有力量去消灭异己、将其打翻在地再踏上一只脚令他（她）永世不得翻身不得出声，而是有勇气去倾听他人与己不同的观点，有胆略去接受他人与己不合的诉求，有肚量去容忍那些“不因你而改变”的人。唯有如此，我们与文明的距离，才不再遥不可及。

（刊于2013年1月15日《嘉兴日报》，2013年1月25日《闽西日报》。原题：《掌掴异己者，丢了谁的脸》）

» 别让“卫生巾补助”成为民愤的道具

近日，关于公务员隐性福利的传说盛行于网络“江湖”。人们纷纷传播着这样一条极具爆破力的“消息”：某省直女公务员的工资条中，各种名目的补助五花八门，就连买卫生巾的钱都有补助。进而惊叹：这是体制外的人无法享受到甚至无法想象到的（2013年3月25日《黑龙江晨报》，2013年3月26日《信息时报》、《江南时报》等）。

这一说法，与全国两会期间浙江省委组织部副部长、省人社厅厅长吴顺江的说法不谋而合：公务员的待遇确实是太高了；这是导致“公考”热、民企用人巨大缺口等问题的根本原因。另有一些媒体则以“表哥”、“房叔”的惊人敛财能力以及当地拒不公布其工资信息为例，论证公务员“低风险、高福利”、“隐性福利不可估量”。

是的，谁也无法否认，的确有那么一群公务员，获得了传说中的灰色收入、超额福利、超高待遇。可问题是，在整个公务员总数中，他们到底占多大比例？体制内的女性朋友，你们享受到

"卫生巾补助"了吗？热衷于传播这一消息的媒体人士，你们身边多多少少也有"体制内"的亲友或熟人，在你们认识的"体制内"一般女性当中，有几个享受过"卫生巾补助"？一项你没得到过、她没得到过，只有传说中远方的高级女神们得到过的待遇，究竟能在多大程度上代表整个群体的境遇？

时下，一个日益突出的趋势是，骂公务员已成"显学"，与此不同的任何话语都成了人人喊打的过街老鼠。可是，媒体人到底该用情绪说话，还是用事实说话？事实是什么呢？"低风险"恰如其分，"高福利"却最好加上一个定语："一部分公务员"。网上流传"基层公务员给吴顺江厅长的公开信"，要求他在"公务员待遇确实太高了"一语前加上前缀"省直机关公务员"、"厅级公务员"或"浙江公务员"。可惜，这样的声音，轻而易举就被淹没了。

公允地说，"考公"热、富豪"考公"、民企留不住人，所有这一切，背后真正的原因，与其说是因为公务员福利高、待遇好，毋宁说是因为社会保障体系极度不健全，"体制外"就业的人员平时再风光、再高薪，也难以免除下岗失业之虞。缺乏"病有所医"、"老有所养"等社会保障的"安全罩"兜底，成为他们的"阿喀琉斯之踵"。相形之下，公务员即使工资低点、收入差点，好歹也旱涝保收，无失业之烦恼，无歇工之恐慌，现实中大体也还算是个体面、受尊重的职业。有位"考公"不辍的女孩的话颇具代表性：之所以立志"考公"，不敢图大富大贵，只求岁月静好。

对此，理性的破局之道，应该是谋求社会保障体系改革、尽快实现“社会保障全覆盖”，使其成为全体公民（不仅止于公职人员）的“防坠网”，而不是用一个极罕见的“卫生巾补助”作为道具来“启发民愤”、引发其他职业人群对于公职人员的羡慕嫉妒恨、激起“考公”大学生对于未来公务员生涯不着边际的奢望和想象。

一个总被有意无意忽略的常识是：“公职人员”不等于“公务员”，“公务员”不等于“官员”，“官员”不等于“贪官”。公务员群体是个最典型的金字塔结构，除了占比极小的一部分实权部门或职级高的公务员之外，位于金字塔基座的众多公务员其实是无职无权无灰色收入，并且无爹可拼、提拔无份，更与“表哥”、“房叔”式的“塔尖幸福生活”无缘。毕竟，不是每个部门都是发改委。如果这些区别可以一笔抹去的话，世人是不是也可以根据“中国妈妈650万美元买下纽约豪宅给两岁女儿做学区房”来论断“中国妈妈都是超级富豪”？是不是可以根据“奢侈品LV半数以上靠中国人买”来得出结论“中国人都是暴发户”？以此类推，我们这些从未去过香港、更未赴港产子抢奶粉的草根，是不是也得心服口服地替人家背下“内地蝗虫”的黑锅呢？

身为媒体人士，你当然可以尽情炒作“公务员福利”和“灰色收入”话题，毕竟，这可以立竿见影地吸引眼球。可当满眼都是“连卫生巾都有补助”、“一元钱丰盛早餐”之类覆盖面极窄的消息时，恭喜你，你已经为“开启民愤”作出不可估量的贡献了。

当下，“革命”与“改良”正在赛跑，“开启民智”与“开启民愤”也正在赛跑。鉴于极端个案向来比寻常景观更具有传播效率，一则具有轰动效应的消息，无论真伪，都可以不费吹灰之力就把无数理性、客观、全面、公允的陈述彻底抵消。启发“民愤”只需营造激愤的情境即可大面积唤起人们的情绪，并迅速感染许多人；而启发“民智”则需要大家都有足够的定力去抵制“情境催化剂”，不被其乱了心绪。所以，“民愤”压倒“民智”，常如山崩地裂摧枯拉朽；而“民智”战胜“民愤”，则如逆水行舟寸进维艰。

让全体公职人员为少数人的超高待遇背黑锅，将整个公职人员集体污名化，固然是政府信息不公开、官员财产不透明、公职人员薪资不透明所结出的苦果，可媒体倘若也以偏概全推波助澜的话，就不仅仅是普通公务员的“不可承受之重”，而且有可能是整个社会的“撕裂之痛”了。

（刊于2013年3月29日《中国青年报》“青年话题”）

» 要让渡多少权利才算“好成员”

一个老党员，为了响应组织号召，带头平了自家祖坟，墓碑倒下时不幸砸死了两个亲人（2012年11月23日《新京报》）。这起悲剧无疑是极端个例，既不足以证明谁“丧心病狂”、“无人性”，也不足以证明坟内“祖宗震怒显了灵”。恰恰相反，这位老党员显然是淳厚忠诚的，都古稀之年了，又不图啥，无非是“赤心听党话”而已。君不见报道中，他的想法多么朴实感人：“平坟，我没啥意见”，“他是老党员，不管心里怎么想，只要是上面发话，他凡事都能做表率。”换言之，在张老先生们看来，倘若不能“无条件服从上面的话”，那就愧为老党员。

可这里恰好隐含着一个巨大悲剧：我们一定要这么无条件地听“集体”的话吗？毕竟，组织也是人组成的，是人就会犯错误，这是基本常识。特别是在权力缺乏制约、科学决策民主决策可望不可即的情况下，更需警惕披着“组织”外衣的“个人算盘”或“小集团意志”。人们早已无数次呐喊：“集体”，多少罪恶假汝以行！可我们为何至今依然无条件服从并助推种种披着

“集体”外衣的恶？例如，你很爱妈妈，眼看她要带全家奔向悬崖，你是俯首帖耳帮她强拉全家勇赴悬崖，还是极力拦截大声劝阻，哪种做法才是对她真正的忠诚与爱？

上述问号无意于讽刺谁，因为这其实是我们许多人的共同处境——让你加班，你不敢问有没有加班工资或调休，因为无论有或没有，你都得去；派给你的工作量多到八小时以内根本无法完成，你既不能拒绝又无处说理，举世皆谓“没完成就是你的错”；经常让你做职责以外的事，如让身为教师的你停课督促亲友拆迁，你无权质疑，更无权抗命；甚至，让你做假账编假数字，……从“无理”到“非法”的种种要求，你都不敢，甚至压根就没想过要抗拒，至多背后抱怨几句。因为，你早已自觉或被训导着与“组织”形成了没有卖身契的人身依附关系，“君要臣死，臣不死不忠”的千年旧律就这样笑傲着“人民”、“共和”之类的现代词汇。

曾看过二十世纪七十年代某君写给所在单位的思想汇报，连与对象约会几次都掏心掏肺一一报告，还特地注明“革命感情，从无流氓行为”。斗转星移，纸面上的“汇报表忠”貌似绝迹，可其中蕴含的价值观却已深深烙进民族性格，化为潜意识。“是单位的人就该无条件服从单位命令”这一逻辑，不仅“管人之人”视为天经地义，而且“被管”者也自动默认；不仅“被管”者自动默认，而且旁观众人也视为理所应当。有了这些“传统”，当周口出台那个“平坟复耕”方案时，就可以堂而皇之地规定：副科级以上干部、股级干部、一般人员，分别在7到15天平掉自家坟头并做好亲属思想工作；平坟后还得经乡村主要领导签字出具证明后才能上班；若干部平坟不力或设障阻挠等，将被“直接采取组织措施”，由纪检监察部门严肃处理。

而类似的做法岂止周口一地？对于拆迁株连、计生株连，我们早已熟视无睹；虽然也不时将“公民人格”、“个人权利”等时新词汇挂在纸上，骨子里却始终没敢弄清“个人”与“单位”（集体）之间的界限，仿佛不奉献出一切私人时间、权益和自由就不算一个好成员、好干部。

可我们加入某个组织，是因为认同它的理念而不是卖身；我们进入某个单位，是双方达成一致，以个人的履职换取单位的薪酬。至于履行何种职责，通常会有相关权利、义务、章程加以约定。换言之，为了获取这份工作、这个资格，我们所让渡的只是部分权利；成员对集体，只在所约定的权利义务范围内承担“有限责任”而非“无限责任”。否则就不叫“现代公民”而叫“奴隶”。

胡适曾谓：“自由平等的国度不是一群奴才建得起来的。”一群连自身基本自主权都没有的“白领奴”，又怎能指望他们去为公共事务作出决策？连自己的权利都无权捍卫，又如何去捍卫全体民众的基本权利？连“权责对等”、“公共权力有边界”等基本理念都拎不清，又如何拎得清自身的“服务职责”与公民的“法定权益”？一旦首长命令与民众公益相冲突，一群“首长的家丁”又怎么可能站在大众的一边呢？

（刊于2012年12月11日《杂文报》）

» 一只菜青虫背后的公民困境

那天中午，带年幼的孩子到一家餐馆吃清汤粉。吃到一半，赫然看见一只身躯肥硕、体长至少二厘米的菜青虫陈尸碗中。我本能地惊叫一声，还来不及恶心，随即发现，自己刹那间成了外星人。

先是老板姗姗来迟，横眉怒目瞪着我："这是青菜里的虫子，又不是米粉里长出来的，有什么要紧？真是的！"那理直气壮、义愤填膺的模样，让我深感自己没有把菜青虫怡然嚼碎、欣然吞下，真是莫大的罪过。是啊，当着这么多顾客的面，怎么能泄露"汤里有虫"这么一个"国家机密"呢？我完全有义务津津有味地吃下它，并衷心感谢店主在汤里额外添加免费虫肉的慷慨善举啊。要是再赞美一下他烹调菜青虫的上好手艺，那就更完美了。

我弱弱地提出：只付孩子那碗的钱，因为那碗没吃出虫子。老板勃然大怒："你自己那碗最少也得付一半！都吃一半了，哪能不付钱？"我正准备摆事实讲道理，让他明白吃到一半比没吃还恶心，老板已经滔滔不绝地继续谴责我了："谁让你吃到一半才发现虫子？除非一上桌就提出来！"

我想跟他说消费者权益，说食品卫生，说顾客是上帝，说精神损失，……蓦然发现，对方七八名员工一律双眼喷火猛瞪着我。反观自己，一个弱女子，还带着一个幼小的儿童，几乎被他们的声音淹没。

拿出手机想拨打12315消费者投诉专线，随即想起眼下是下班时间，工商消协早已人去楼空，谁会理你？就算消协来了人，根据以往无数体验也足以让我对于他们的处理前景不抱希望。

于是，我只剩下最后一丝依靠了——我把目光转向正在此店用餐的其他十几名顾客。尽管大家素不相识，但在这件事上，他们和我应该是处境相同的"利益共同体"嘛。可是，没有任何人出声。十几名食客饶有兴味地边吃边看着老板和我，仿佛在欣赏一出漠不关己的好戏。

看着那一张张漠然的脸，有一段著名的铭文立即跃入我脑海。那是马丁·尼莫拉神父留在波士顿犹太人大屠杀纪念碑上的忏悔："起初他们追杀共产主义者，我不是共产主义者，我没说话；接着他们追杀犹太人，我不是犹太人，我没说话；后来他们追杀工会会员，我不是工会会员，我没说话；此后他们追杀天主教徒，我是新教徒，我没说话；最后，他们奔我而来，这时，已经没有人留下来替我说话了。"

我默然站在餐馆门口，平静地付款离去，始终没有开口向食客们推荐这段著名的忏悔录——因为，他们那漠然的神情已经明白无误地告诉我：这段话一旦出口，我必将在一阵哄笑中成为“酸腐”一词的形象代言人。

一只菜青虫，展示了一幅鲜活的丛林图景：豹子用尖牙利爪踩碎篱笆，抓起离它最近的那只小鸡；公鸡看了一眼，不是自家孩子，于是安然继续打鸣；至于守夜的猎狗，在打瞌睡呢。

正在感慨，孩子已经开口了：“妈妈，我努力学习，长大后上哈佛，接你去外国。我在书上看到了，那儿要是吃出虫子，老板会给你道歉，给你赔偿……或者，要不，我长大后一枪杀了这个坏老板，好不好？”我悚然心惊：一只菜青虫，抵消了我关于“与人为善”、“守法”、“有礼”、“非暴力”、“公民意识”的多少说教！难道，“用脚投票”和“用暴力说话”，就是这样一点一点在人们心中发芽、积攒、发酵，直至星火燎原的吗？可归根结底，脚下这片土地才是我们的家园，有几人真能弃之而去。该如何，才能让我们的家园真正充满温暖，令人留恋？

（刊于2011年12月2日《北海晚报》世界客属恳亲会“客家作家专版”）

»“不自卑”就能藏住我们的“农村尾巴”吗？

“11·11光棍节”了，同学们都忙着向心仪的女生表白，期盼能借机实现“脱光”（脱离光棍行列）大计；可有近四成农村出身的大学生却自认屌丝、“没资格谈恋爱”——这是记者日前在武汉大学、华中科技大学、武汉科技大学等多所高校随机调查341位大学生恋爱状况时得出的一个“非正式统计数”（中国青年网）。

有专家迅速对此做出诊断，将农村大学生在恋爱问题上的自卑感归因于“不愿因谈恋爱增加开支而给家人增加负担”，或者干脆就是因为“本身性格内向、在异性交往中羞于表现自己”。由此，专家开出的药方是：不仅要学好专业知识，更要学会和异性交往，别因过于自卑而影响职业上的发展。

的确，每个人身上都有一根看不见的“尾巴”。由于城乡孩子家庭熏陶及社会历练均大不相同，农村孩子接触面较窄，登台演讲、现代交际等机会都远比城里孩子缺乏，在此情形下，的确有不少来自农村的大学生亟须补上“人际交往”（包括异性交往）这一课，首先是从克服自卑、确立自信做起。可有了自信，就能跳出“屌丝心态”吗？跳出了“屌丝心态”，就能跳出“屌丝现状”、进而在婚恋竞争中赢得主动权吗？

社会早已不是“伴郎同住茅草屋，生活再苦心不苦”的社会；“宁可坐在宝马车里哭，也不坐在自行车后笑”早已不仅仅是出格的狂言，而是被不少人广泛奉行的处事法则。在这种语境下，农村孩子背后不仅仅拖着那么一根“内向、不善交际”的“尾巴”，更还有无权无钱、就业无门、经商无本等更现实的“尾巴”，使他们在包括异性资源在内的整个资源竞争中处于绝对劣势。你可以靠自信大方、侃侃而谈来切割自己身上那根“内向”的尾巴，可仅凭一己之力，如何能切除其他“尾巴”，从而获得在光棍节之前尽快“脱光”的资本呢？

说到底，当资源配置和财富分配“马太效应”日益严重之际，个人奋斗已经永远只能止于个例而不可推广、不可复制，一两个人的“不自卑”早已藏不住我们身上那些来自农村的“尾巴”，就像莫言获得诺奖但改变不了整个中国作家群体低稿费、低收入、高“脑耗”的惨淡现状一样。此时，最怕的是“制度不作为”，甚至“制度不公正”却一味呼吁个人奋斗；最有力的杠杆应该是公共管理者的及时介入，以制度之手，遏制就业机会、发展机会等优质资源进一步向“高、帅、富”们集中的势头，让我们不必再为“四成农村大学生不敢‘脱光’”而兔死狐悲。

好吧，我来自农村。

（2012年11月20日《杂文报》）

» 我讨厌做一只每天被拔毛的病鹅

假如你是肉食动物而又不想辛苦打猎，你最想要什么？答曰：拥有一群“割肉猪”或“拔毛鹅”。想吃肉时，逮住前者割块肉；想换钱了，逮住后者拔袋毛。当然，它们得长生不老耐割耐拔，一本万利永续利用。

何谓“割肉猪”？儿时乡邻皆困顿，常常一两月不知肉味。面对顽童的焦渴缠乞，父老乡亲往往叱责：“你以为咱家养了‘割肉猪’，想几时吃肉就能几时吃上！”这就是神兽“割肉猪”的来历——它活着的使命就是供主人每天割肉而不死，如有源头活水来。长大后发现，这不就是西方人所说的那种“被拔毛的鹅”（以下简称“拔毛鹅”）吗？据说，十七世纪法国路易十四的财政部部长柯尔贝尔有句名言：征税的艺术就像从鹅身上拔毛，最理想的是如何拔下尽可能多的鹅毛而又让鹅尽量少叫。

近日“湘潭神女”事件[①]下重温柯尔贝尔此语，轰然如开“天眼”：原来，我们都是“拔毛鹅”！只不过被征的不是什么别的税，而是“沉默税”——你越是温良恭俭让、疼死也不喊，

“权益”之毛就被拔得越狠，拔死了也没人偿命，顶多给你立块牌坊，鼓励更多人步你后尘。所以才会有那句名言：“通往朝鲜的路，是由沉默铺就的。”

因为举国哗然（众鹅齐叫），所以“神女”“暂缓任用”了、查实“确属违规提拔”了。可那又怎样？那根本就不是什么“民意”的胜利，而是“拔鹅手”们偶尔一次意外失手而已。不是因为“民意”、“民权”有多强大多受尊重，而是因为权贵们封妻荫子的冲动太过急切，就像汉初吕后急于培植吕家势力时所干的那样，恨不得将襁褓中尚未断奶的吕氏婴儿都封王侯，以致给不明真相的群众留下太过浅显的把柄可抓。事实上，更多的“世袭”安排，早已滴水不漏地成功实施过，正在有条不紊地顺利实施着，也必将一如既往地继续实施下去。

设想一下，倘若“湘潭神父”稍微耐心一些，等他两年再运作提拔其女，民众能奈其何？即使明知其拔擢纯属“父荫”，你也找不到抨击的入口，权衡得失，只好沉默。冯军旗《中县干部》之调查可以做证：一直以来，我们就是这么沉默着，眼睁睁看着一幕幕世袭剧在“公平、公正、公开”的动人旗帜下你方唱罢我登场。当“衙内”们一个个做了公共资源管理人，你明知其才不足以履职、德不足以服众、贪适足以败家，可还是说服自己逐渐接受现实：第一，这项“沉默税”之所以被征，就是因为对方手里拿着一把无形的刀，而你手无寸铁；第二，此“税”的特点就是：一个人的“不沉默”非但打不倒它，反而会被它吞噬；只有大家一起叫嚷，才能有所减免。可数千年来，见惯了“各为稻粱谋”，何曾见证过几次“集体不沉默”？所以，你也沉默吧！

于是，每一次身受拔毛之痛，聪明的我们都以最快速度压下喊叫的冲动，迅速核算成本效益，一次次主动臣服，就像绝大多数人在剪径的强盗面前所做的那样。这一“聪明”的计算，让我们幸免于眼前之难，却永远延续着被拔毛不止的命运，直到退进“崇祯死弯”玉石俱焚。

“湘潭神女”也好，“山西神童干部”②也罢，纯属幕后操盘手们一时忘乎所以忽略了“拔毛艺术”，才“不幸”陷人舆论的聚光灯下。此类小概率事件根本不可复制，更不具有制度保障。那么，怎样才能让“敬畏民权”成为“必然”呢？

三千年未有之大变局，谁又会有标准答案。只能说，每个人从自己的“不沉默”做起，逐渐汇成“路见不平，众鹅齐喊”的洪流，努力催生一套阳光博弈的游戏规则，庶几有望不必世世代代做一只专供拔毛的病鹅。

附注：

①“湘潭神女”：湖南湘潭4月19日公示名单中，一位拟任副局长的“90后”女生，很可能15岁就上了大学、3岁就上小学，在校期间就成为公务员，“工作”一年就要当副局长并将上派到国家发改委办公厅任副主任科员，集众多奇迹于一身，被网友讽称为“湘潭神女”。

②“山西神童干部”：山西长治4月5日公示一批拟任领导

干部，被指“神童扎堆”，其中竟有“80后”不满14岁就参加工作，严重背离常情。面对汹汹民议，当地至今依然“调查无果”，未给出可信的解释。

（刊于2012年5月11日《杂文报》头版头条；《杂文选刊》中旬版2012年第6期转载时题为《沉默的“拔毛鹅”》；入选鄢烈山主编花城出版社《2012中国杂文年选》）

» “斯坦福监狱”并不遥远

但丁的《神曲》和弥尔顿的《失乐园》中有个堕落天使路西法。据说，他原本是上帝身边最美丽、最有权势的六翼天使长，地位仅次于上帝，一些神话故事中称其为天国副君、神之右手、拂晓之星。可由于过度高贵，久而久之便产生了幻觉，想与上帝同等，率三分之一的天使造反，失败后坠落地狱成为魔鬼。

拉丁文“路西法”（Lucife）的本意是光之使者，怎么就堕落为黑暗之魔了呢？现实中，有多少本为光明而设置的角色，最终却走上了“路西法”之路？

前不久，安徽一个年仅13岁的孩子，就让我们见识了一回什么叫“路西法效应”。在一个只有7个人的班级里，副班长小赐利用检查作业、监督背书的权力，勒索包括正班长在内的6名孩子——不给钱就打甚至逼其喝尿、吃屎；有孩子负责“专车”接送他上网上学；有专人保管他勒索来的钱；有专人为他买早餐。几年来，这个7人小班演变成小赐作威作福的王国，学校居然一无所知，印证了加拿大作家格拉德威尔的调查：班级越小，老师放在每个学生身上的精力未必就越多，反而会因人数过少而使学生变得更单一、更从众。

这里有三个细节令人沉思。第一，小赐的迫害是逐渐升级的，而其他6个孩子的“通往奴役之路”则类似于“温水煮青蛙”的过程——二年级小赐当上副班长并“获得权力”之后，孩子们起初是主动分享零食讨好他；渐渐地小赐开始索要零食、三年级后又改为索要钱，没满足就不让过关；老师则只根据小赐的汇报去狠狠体罚“没有完成任务”的孩子，进一步强化小赐的权威。就这样，在这个封闭小“丛林”里，小赐的胆子和“统治”手腕步步升级。

第二，老师的严重渎职和纵容使“特权”牢不可撼。班主任自己也承认小赐曾三次被投诉，但小赐的“地位”却毫发无损。人们不禁要问：为什么不免去他的副班长职务呢？是班主任与小赐有剪不断、理还乱的特殊关系，还是“放手”惯了、不想劳自己亲自管理？新闻中未见交代，不好揣测，但该老师的表现的确超出了正常人的理解范围。此情形下，孩子们的反抗只会换来迫害的升级，只好沉默，最终发展到喝尿、吃屎也逆来顺受，“他做什么都觉得理所当然”。

第三，家长的粗疏和校方的失察让正义缺席。当孩子从家里偷钱去“孝敬”小赐时，家长只是不问缘由地暴打；当孩子分明完成了作业却因“未完成作业”而挨批受罚时，家长竟毫不起疑，也不找老师核实。就这样，孩子们通往“文明之光”、获取“正义庇护”的所有途径几乎都失灵了。

小赐打造的，其实是一个儿童版的“斯坦福监狱”。1971年，美国心理学家菲利普·津巴多把斯坦福大学一间地下室改装成监狱，进行了一项关于人类行为的心理学研究实验。这就是著名的“斯坦福监狱实验”。津巴多花钱请来一批经过测试确属“心理健康的正常人”参试，将其随机分成两组，分别充当看守和囚犯。结果，监狱情况“渐进式的恶化”启动了所有参与者的心理适应机制：无论“看守”还是“囚犯”，都在不知不觉中被虚拟角色所改变；狱警扮演者竟真的出现暴力倾向甚至以虐囚为乐，甚至实验设计者津巴多自己也沉溺于“典狱长”的角色不能自拔。该实验本来计划进行14天，但在第7天就提前终止。因为，这已经不是一次模拟实验，而是一场噩梦了。

斯坦福监狱实验距今已有44年，相关电影获得奥斯卡奖也已有14年，可它却并未真正离我们远去：原来，人是这么容易就会受到环境、制度、群体效应等的影响而悄然变成奴隶或暴君！更有甚者，当我们说“好人变成了坏人”时，那些“坏人”往往并不认为自己成了坏人。他们要么觉得受害者罪有应得，要么认为自己都是为了实现某个正义目标才这么干的——刑讯逼供是为了揪出罪犯，恐怖分子是为了民族解放，文攻武斗是为了改天换地，……那么，谁能告诉我，要“坏”到怎样，才能让施害者也意识到自己是在作恶呢？……

小赐的“天才创业过程”，不仅仅诠释了“路西法效应”，虚拟了“1984”、“通往奴役之路”，而且展示了“斯坦福监狱”对人心、人性那巨大而无声的侵蚀，让我们悚然心惊：独裁和奴役，其实离我们并不遥远；若要免于丛林之恶，唯有从娃娃起就让文明之光照进每一个心灵。倘若等到“小赐”们逼着你我喝尿、吃屎时才惊觉在全社会播撒文明、健全人格有多么重要，那就晚了。

（刊于《清风》2015年第8期）

» 最危险莫过“有所恃”

据说，近年来，人民群众看戏的需求得到了充分乃至过分的满足——周一拍苍蝇，周末打老虎，一幕幕接踵联翩，除了“黄粱梦”，就是“红楼梦”，应了那段《好了歌注》：“因嫌纱帽小，致使锁枷扛”，“正叹他人命不长，哪知自己归来丧！”君不见，多名高官落马前还在约饭局或出入私人会所；刚刚还在会场指点江山，转眼就被带走。微信上有人做了个“贪官落马前后对比”，有图有文，从意气风发到形容憔悴，视觉效果颇为震撼。谁能料到，下一刻“忽喇喇似大厦倾”的又会是谁？

于是想起那个成语：“东门黄犬”。《史记》载，秦二世二年七月，丞相李斯即将被处死。临刑前对儿子说：“吾欲与若复牵黄犬俱出上蔡东门逐狡兔，岂可得乎！”(我想和你再出上蔡东门牵黄犬逐狡兔，还能有机会吗？）苍凉之情，无以言表。

有多少落马官员如同李斯这样，斧钺加身、法网难逃之际，极度渴盼世上有后悔药，只求做一个默默无闻的平民而不可得？原郴州市委书记李大伦曾向省委领导忏悔，请求能“看在贡献多年的情况下，回老家做一农夫垂钓余生”；平顶山市新华区原区委书记杜欣希望“能让我回家种田，只保留一个副地级待遇就行了”；江苏省建设厅原厅长徐其耀则表示“愿意做一个农民，只要有口粥吃吃就行了”；原深圳市龙岗区常委、常务副区长钟新明在狱中忏悔：“我如今只有两个奢望：一是求得自由之身，只要能看到蓝天绿地，回乡下种地都幸福。二是求得后悔之药，补救过去的罪过。”可惜只是“奢望”而已。

然而，作为无职无权的旁观者，你，除了“打得痛快、看得过瘾”外，可曾想过，许多官员，未发迹之前很可能也不过同你我一样，只是苦心拼搏、力争上游的草根子弟？他们也曾满腔热血、满怀抱负，当他们“想为国家、为人民做点贡献”、成就一番事业时，我不相信没有一丝真诚的成分。可一登高位，本该有条件实现当初“干事创业”的梦想了，却被种种魔力“吸”进了囹圄。恰似一辆生命之车，正在意气风发高速行驶时，突然就人仰车翻非死即伤。这，难道不是莫大的悲剧吗？都知道“十次肇事九次快”，他们为何还“疯狂飙车”无顾忌？答曰：只因“有所恃”，故而“无所惧”。

《阅微草堂笔记》中有个故事：有个叫作“一士”的人，武艺高强、轻功出众，“两三丈之高，可翩然上；两三丈之阔，可翩然越也”。纪晓岚年幼时曾缠着要他表演轻功。一士让他站在过厅里，面向前门，看着一士站在前门；可一转身面向后门，一士已经站在后门了——就在纪晓岚一转身之间，一士“一跃即飞”，越过了屋脊。如此来回表演了七八次。多好的身手啊！后来，一士路过杜林镇，遇一友，把酒言欢之余并肩站在河边。友人说：“你能跃过这条河吗？”一士应声跃到对岸，友人招手让他回来，一士应声又跃回这边。可他没注意河岸已经开裂，刚踩到岸边，河岸就崩塌了。一士掉到河里，顺水漂走。他不会游泳啊！只能凭着轻功，从波涛中心往上跳起几尺又坠落水中，如此起落挣跳，终于力竭而溺亡。

纪晓岚由此慨叹：“盖天下之患，莫大于有所恃。恃财者终以财败，恃势者终以势败，恃智者终以智败，恃力者终以力败。有所恃，则敢于蹈险故也。”另一位“田侯松岩”就睿智多了，他买了一支劳山杖，题诗说：“月夕花晨伴我行，路当坦处亦防倾，敢因恃尔心无虑，便向崎岖步不平。”告诫人们，哪怕是在平坦道路也要小心防跌，切不可自以为有了手杖做靠山就有恃无恐、什么险境都敢踩。否则，终有一天会因此覆灭。

古今中外，败于“有所恃”的例子实在太多。和珅即属其中典型人物。他能诗能书多才多艺，通晓政务洞悉世情，机敏果断务实能干，记忆力惊人且武艺高超，是当时少有的文武全才，自身素质绝对“可恃”；他英俊秀雅仪表堂堂，有超乎众人的外貌可恃；他深得最高领袖乾隆帝的倚重和宠信，有比谁都硬的“靠山”可恃；他扶摇直上位极人臣，有熏天的权势可恃；……乾隆在《平定廓尔喀十五功臣图赞》中特别提到和珅精通满、汉、蒙、藏四种文字。据说，当时班禅与满清建交，主要就是和珅在做交流兼翻译工作；英国马戛尔尼使团访华，也是他用英语对答如流。还有什么人，能比和珅更“有所恃”？

有所恃，所以放心、放胆、放肆地在“人生高速公路”上玩“极速飙车”，来不及或不屑于看一看良心在哪里，国法在哪里，只管随心所欲策马疾驰，直向命运的断崖冲去。不知在接到三尺白绫、一纸诏书命赴黄泉之际，是否也恨不得时光倒流，去做一个贫贱勤苦、“无可恃”因而“有所惧”的平凡百姓？假如他在天有灵，是否怅憾未能出生在今天法治健全的国度，在选民、媒体、政敌的虎视眈眈下如履薄冰有所敬畏、不敢为所欲为，从而做个慎始善终、全身而退的现代政治家？

（刊于《清风》2014年第9期，作为当期封面专题所配点评）

» 告别“拼爹”岂能只靠“春光偶泄”

江湖上流传着“拼爹”的传说，可我们却很难亲眼目睹。毕竟，台前的观众，哪知幕后的春色？还好，终于有人一不小心又走光了。近日，一份疑似内部资料的招行济南校园招聘名单被上传至该行官网可下载区，名单中部分应聘者“备注”一栏被注明了各种社会关系，包括某行长亲戚、某银监局领导亲戚、省政府朋友等，第290号的张某某甚至还被注明“面过就行”，引发轩然大波（2012年12月15日《新京报》）。

招考、招聘、升迁中的“拼爹”传说可谓由来已久，这份白纸黑字的名单只不过给公众提供了又一份难得的实证而已。根据招行总行办公室一汤姓工作人员的说法，招聘名单挂在官网上是因为“在发第二轮面试名单的时候一些工作人员失误”。换言之，要不是“一些工作人员”太不小心、犯下“误将内部资料传上网”的低级错误，这场招聘活动完全可以一床锦被遮盖，事如春梦了无痕，直到“拼爹大戏”顺利落幕，我们也无从知晓。由此观之，倒应该感谢这种“意外失手”，让我们得以管窥黑箱之内的冰山一角，得以证实当来自寻常巷陌没有“备注”可写的子弟们满怀期待全力以赴时人家早已胜券在握“面过就行”。

可这种“春光偶泄”的概率实在太低，靠这样千载难逢的“意外失手”，岂能保证阳光普照、公平之花处处开？眼下，招行总行已向济南分行派驻工作组，对“拼爹门”事件进行调查处理；总行还连夜“空降”了两位主考官，并邀请多家媒体列席督考。此情形下，尽管40余名“有关系”的学生也“一视同仁”地参加了面试，有媒体的聚光灯在前，我们大可不必为这场招聘的公正性作杞人之忧了。但真正令人焦虑的是，在聚光灯照不到的那些角落，拿什么来保证游戏规则沿着“费厄泼赖”的轨道运行？

从“公考状元体检门”到“湘潭神女”事件，再到此次招行“拼爹门”，此起彼伏的类似事件中，还有太多问号亟待解决：在“纯属意外”的“春光偶泄”之前，那些负有监督制衡之责的人和机构都哪儿去了，是哪个“孙悟空”在一次次给他们施用了哪些“瞌睡虫”？为什么只有借助“偶然失手”、“严重不符常理”之类罕见的低级失误，公众才能管窥真相之一斑？舆论资源终究有限，公众关注极易疲劳，喜新厌旧的围观者们很快就会转向新的热点，拿什么来保障每一次竞争都有起码的阳光？

（刊于2012年12月17日《广州日报》；《中国教育报》、《新民晚报》、《淮海商报》、《千山晚报》、《每日周报》、《家庭周报》、《吉安晚报》、《处州晚报》等转载）

»　“洋北漂”的真幸福离我们有多远

你幸福吗？近日，一位名叫江森海的英伦人士很认真地给出了自己的答案：“我觉得生活在中国，非常完美。我有自己的房，有四个女儿，有自己的公司，有很多特别好的北京哥们儿，很自由，我觉得这是北京给我带来的生活，我很感谢北京。这听起来像是宣传，但真不是。”（11月13日《中国经济周刊》）

无论此新闻是否旨在给“幸福感调查”提供一个样本或旁证，作为读者，在跟着“幸福到眩晕”之前，都需要清醒地意识到这一点：社会调查固然无法做到一律采取普查法，但抽样调查也有其基本的取样规则。倘若所选取的样本纯属特例，那么由此得出的统计分析结论也就难免沦为建在沙滩上的城堡，很难说代表得了其他更广泛的人群。

资料显示，江森海先生原名Dominic Johnson Hill，是一位在中国生活了20年、在北京如鱼得水并经常接受媒体采访、到高校作演讲、上电视做节目嘉宾的一位知名老外。这样一位身份得天独厚的名人，说不幸福才是意外。回顾江先生“北漂”20年的历程，不难发现，一切困难到了他那儿都如蛟龙渡海般迎刃而解。例如，人人头疼的就业问题，1993年，英国青年江森海来到北京，登长城，游颐和园，钱花光后开始找工作。结果，他立马感受到外国人在北京有多吃香，“机会很多”，“好多人要我去教英语”。换成你我，能有此幸运吗？

很显然，这片“好客”的土地，在将最美好的一面慷慨展现给他的同时，自觉不自觉地对他屏蔽了大大小小的背光面。诚如网友所评：我要是到处被奉为上宾，就业无虞、薪酬高人一等，谈笑有鸿儒、往来无白丁，经商还能享受种种专门针对外资的税费减免政策，生孩子多达四个也没人敢来强制引产、罚款“双开”，那么不管南下还是北漂，我的幸福感都会比江先生强烈和真实一万倍。一位名叫鹏犇犇的微博名人更是调侃：你要是没事丢辆自行车，就更能感受到我朝的热情与美好了。

然而，只有部分特定人群才能享有的自由不叫自由，叫特权；只有个别阶层才能获得的权利也不叫权利，叫特权。江先生有一句话很能说明问题，他说：“我英国的朋友经常说，中国人很有钱，即使弄到1%的市场，就可以挣到多少个亿。”很显然，这里所称的“中国人”，同样只是某个特定阶层的中国人，而不是你我这样为数众多却没多大购买力的中国人。因为仅限于“特定”，所以，江先生那真实的幸福感无法推广给生于斯长于斯的普罗大众，正如我们不能因为自己在伦敦无法融入主流社会就断定伦敦人都生活在水深火热当中一样。

归根结底，只有不分肤色国籍、不问身份地位、不论阶层出身，只要你是个公民就能“人手一份”地拥有的“普惠式尊严”和权利，才能派生出普遍认同的幸福感。

（刊于2012年11月16日《中国商报》）

» 想起低调的“悯牛”人

夏至已过，玉林“狗肉节”余波犹在。一边是“反对食用伴侣动物”，一边是“反感粗暴干涉吃狗肉的自由”，互相指责，公说公有理，婆说婆有理，分歧依然巨大，情绪依然激烈。一片“爱狗”声中，不禁想起我所见过的众多“悯牛”人。例如，我老妈。

老妈一心向佛，常年持“花斋”（即初一、十五以及尾数逢九的日子里都素食），对万物生灵常怀悲悯，凡事常将“他人”感受置于首位。即使在物质匮乏、温饱无着的年代，也总是慷慨地把仅有的食物拿出来给左邻右舍、任何走过路过的大人小孩分享，以致幼时有一次，眼看着她把好不容易做的少量薯包子几乎全部分给了邻家孩子，我伤心地哭了。她告诉我们什么叫不杀生；退一万步，什么叫“三净肉”，“不见杀，不闻杀，自己不杀”；特别是坚持不吃牛肉，说杀生之恶中以杀牛罪孽最重，且吃牛肉者与杀牛同罪。因为，牛为人耕田拉车，吃的是草，产的是奶，干着重活还得忍受蚊叮虻噬，功绩最大而苦难最重；且牛极有灵性，与主人感情至深，临终前往往泪流满面，没有任何理由再去杀戮它。

母亲的“悯牛”，绝非“一个人的独唱”，而是一大群人的坚守。不仅印度教典籍、佛家故事、佛教网站等都在劝人“不杀牛”、“不吃牛”，而且《阅微草堂笔记》里也说，吃牛“杀业至重”，因为牛“有功于社稷”。他们的信仰是如此虔诚，愿望是如此强烈，道义理据是如此充分，可我们，谁曾见过哪个佛教徒去强迫他人必须吃素，哪个悯牛居士会成群结队掀翻牛肉铺的案板，拦截牛贩子的运输车？回族不吃猪肉，阿拉伯人穿罩袍，犹太教不吃猪肉、兔肉以及贝壳类，他们可曾联合起来要求“天下无猪”、举世穿罩袍？

悯牛者的理念与坚持，足以让我们这些屡屡向口腹之欲投降的人无比汗颜；而悯牛者的“温和而坚定”，又何尝不该令那些以“爱”之名行“强逼”之实的人相形见绌。

悯牛者并非不知道，仅凭一己、一家去守戒，所产生的功效十分有限；但他们不是靠人多势众去威迫异己、靠道德大棒去打砸“异见”，而是恪守法律边界，用自己的坚守去感染人，用温和的说理去劝诫人。他们号召：“为何不做一个结缘册子，随时带在身上，遇到人就婉转的劝导感化，使他们也能够永远地戒除，不再吃牛肉了；这样岂不是更好吗？”他们认为，既然有善根的人连财物都肯施舍，“而我们今天只是求人不要杀害生命，不吃牛肉，不会花费对方一粒米一分钱”，如果“大家发心，认真的劝人”，岂非福德无量？

我们无从知道，“拯救狗狗”之所以如此强势，是否因为“爱狗”比“悯牛”更显时尚、更合乎国际潮流，抑或是因为狗狗多年来一直被当成伴侣、过着悠闲而尊贵的生活，而牛却更像是一个无人怜见的底层劳工、一个奴隶或苦力。但一个狂热“爱狗”的时尚美眉，很可能会用她刚刚享用过牛排大餐的双唇无限温柔地亲吻她的宠物狗；而一个悯牛者却不但悯牛，而且怜狗，不但悯牛、怜狗，而且推及人类和其他生命，发愿要“怜天下苍生，度一切苦厄”。幸亏狗皮不如牛皮，上不得台面，没有哪个明星会像炫耀紫貂围脖、狐皮大氅那样去炫耀自己身上的名贵皮草是来自狗狗，否则人们很可能会不时看到，一个刚刚网购了一件顶级狗皮大衣的爱狗人士，放下鼠标就直奔高速公路去拦截某辆运狗车。

诚然，狗狗可爱，狗狗无罪，“狗肉节”不符合当今世界尊重生命的历史潮流；狗作为人类的朋友，完全应该得到应有的善待。可是，亲，道德是用来约束自己，而非用来鞭打他人的。你以为自己是天然的道德判官，或想当然的执法者么？这世上，不同的族群有不同的信仰和禁忌，尊重别人的信仰是礼貌，不用自己的信条来强求别人也是该有的礼貌。

（《闽西通讯》2014年第7期；2014年6月23日“红辣椒评论”、凤凰财经等先后刊发或转载，题为《低调悯牛与高调爱狗》）

» “贪官”额头上有没有贴标签

震惊全国的南平血案之后，一则关于孩子声称“要杀就去杀贪官”的报道引发了又一波热议，正反两方观点对立之尖锐，堪称当今中国民粹主义思潮与理性思潮之间激烈交锋的标本。据《羊城晚报》3月31日报道，有南平小学生在作文中写道：“我看着那些无辜的小伙伴受到伤害，我就想把你碎尸万段，还想把你放进搅拌机里把你搅拌了……”“你要真忍不住仇恨，你就去杀那些贪官，你怎能杀掉这么多可爱的孩子……”与此相呼应的是，无数网民在跟帖中盛赞“一个童真的孩子说出了亿万百姓的心声”，主张“有种就去杀贪官”。

面对这些血淋淋的话语，简单地批评和反对其“以暴制暴”思维，显然无济于事。我相信，“杀贪官”论者完全是出于正气和义愤；我还相信，没有人是天生的嗜血，更没有人会去鼓吹应该滥杀无辜。于是，这里就有了一个问题：假如“郑民生”们果真有足够的理智去遵循不杀孩子、不杀无辜、只杀贪官的原则，那么，在疯狂的报复欲、强烈的杀人欲驱使下，他该怎样才能迅速分辨出谁是贪官、哪个该杀呢？街上那么多人，“贪官”头上是否贴有标签，让他可以一眼认出、一把逮住，然后准确地实现“杀贪官以泄民愤”的正义目的？如果不能，那么，“有种就去杀贪官”的结果，实际上很可能还是异化成滥杀无辜。而滥杀无辜与屠杀孩子，二者之间又有多少区别？那些不是贪官却被当成贪官杀了的成人，难道就比孩子更该杀吗？

贪官不是奇形怪状的外星人，不是青面獠牙的小怪兽，也不是小木偶匹诺曹，一旦撒谎，鼻子立马就会变得奇长无比，让人一望即知。事实上，所谓的“贪官”，不但头顶没有贴标签、身上没有“标志性建筑”，而且很可能比你我还更加五官端正、笑容可掬、彬彬有礼、大义凛然，甚至还时不时做一些惜老怜贫的善事。那么，在未经审判定罪确认之前，怎样才能将他从人群中揪出来而不至于误杀好人、放过真正的贪官呢？如果说凡官员皆可杀，那么被民众歌颂了千百年的包拯、海瑞及其同道们岂非统统成了窦娥；如果说坏人好人由权威人士说了算，那么袁崇焕受极刑之后被京城百姓“生食其肉”岂非罪有应得，“叛徒、内奸、工贼”被打倒批臭再踩入十八层地狱岂非恰如其分。

或许，你以为自己不是什么大人物，并且行得端坐得正，这样的旷古奇冤不会轮到自己。可是，且慢。混乱状态下，一切皆不可控，一切皆有可能。四五十年前，当大家满怀对“野心家、阴谋家”的切齿仇恨蜂拥而上拳脚交加时，谁曾想过那个被打倒在地的彭德怀老人是不是真正的野心家、阴谋家？当大家义愤填膺地高呼“打倒一切牛鬼蛇神”时，谁曾想到，人人都有可能被戴上帽子、打入牛棚，在革命群众暴风骤雨般的拳脚和唾骂声中呼天不应、叫地不灵？那么，如果你赞同“有种就去杀贪官”，你又拿什么来确保杀红了眼的“郑民生”们不会因你西装革履貌似贪官，或者因旁人偶然指错了方向，就把你当作贪官一刀捅穿？

事实上，这样的可能性不是很小，而是很大。因为，在混乱状态下，身为弱者，你既不可能掌握足够多的信息资源藉以分辨忠奸善恶，又不可能掌握足够多的话语权藉以洗刷有可能加诸自身的污名黑水，因此，你既有可能在不知不觉中成为滥杀无辜的施暴者，又有可能稀里糊涂地成了正义旗帜下的冤魂。而真正罪大恶极的“大贪官”，大抵居有警、出有车，无须挤公交、逛闹市、上火线，又岂是区区郑民生们所能随便遇见的。最容易被置于冲突一线的，反而很有可能只是衙门内外那些仰人鼻息混碗残羹剩饭吃的小差役，抑或街头那些长得有点像小差役的平民。

一语以概之：我们可以将正义的希望寄托在暴力身上，但别忘了，“暴力”的孪生兄弟是“混乱”，混乱状态下，最先倒在血泊中的，通常不是将军，而是双方士卒和平民；身为无权、无势、无背景的士卒与平民。说到底，秩序，才是我们最可靠的护身符。明白了这一点，或许就不会再为“心中有恨就去杀贪官”这类似是而非、难以操作、操作起来常常走样的伪命题随便叫好了。

（刊于2010年4月16日《杂文报》）

» 主人都去哪儿了？

水果只需新西兰产的奇异果和日本产的樱桃，其他水果不必露面；樱桃须用某品牌矿泉水洗净，奇异果软硬要适中，太硬不熟，太软是烂果子；住宿不能是五星级挂牌酒店，但也不能是四星以下，最好是不挂牌但已达五星标准的；房间须为套房，但要相对独立，不能与随从人员相邻；房间内须备某某品牌的洗浴用品、某某品牌的矿泉水；每人面前要放两双筷子，一双私筷一双公筷；……（2月8日《南方周末》）

这就是半天紧急会议，三套接待方案换回的两张“接待×总注意事项”中的部分内容（现体制下，该省级国企老总实为厅级官员）。读罢，很难不感慨：要怎样说一不二的权力、众星捧月的经历，才能炼就如此的傲娇？而最难为人的是，碍于八项规定，明明是傲娇，却必须“看起来不傲也不娇”，如接待标准，最好是看起来标准低，但实际标准高。“就像《射雕英雄传》里黄蓉给洪七公做的冬瓜豆腐，……没有一整只金华火腿、一个大冬瓜、一大块嫩而不碎的豆腐，加上兰花拂穴手这等高明的武功，是根本做不出来的。”难怪有小职员觉得，接待工作不是更轻松了，而是越来越难做了。

这些“注意事项”如此详尽实用且普适，直堪媲美张二江的《下级学》。不知有多少身为下级的、力求“上进”的或者专事接待工作的，如获至宝，认真研读，宛若传说中拿破仑见到《三国演义》一样拍案惊呼相见恨晚。毕竟，官风虽大有改观，可在吾泱泱大国，连机器都知道，“接待工作”依然极端重要——搜狗拼音输入“接待就是”，系统立即跳出短语：“接待就是生产力。”

接待就是生产力，为什么？因为，你一人、一地、一单位的盛衰荣辱，是边缘化还是被关注，往往取决于被接待对象答应不答应、满意不满意。接待就是生产力，意味着什么？只有把“接待”这篇文章做好了，你才有希望获得各种生产要素——项目、资金、物资、晋升机会、赚钱机会，……只要这些“生产要素”、“发展要素”还掌控在被接待对象手里，“接待学”就永不过时。所以，丁书苗才会“靠给领导洗衣发家”。这个深度涉入刘志军案的山西女富商，“曾被人家拽出办公室，于是就天天蹲在领导宿舍门口。领导宿舍不关门时，她就进去，把领导的袜子、床单、内裤、衬衫、外衣，总之能洗的全都洗干净。就这么洗，终于把领导感动了，最后给了她车皮”。“丁式发家”知多少？——无关知识、无关创新，只需伺候好掌权人即可；或者说，只有伺候好掌权人，才有可能。

当然，能把接待工作、服务工作做到这等程度，也算是个人才。郭敬明的青春小说《小时代》中就提到过一种“真正的上流社会”喜欢雇请的“英国老管家”——花园的植物永远会在最适当的季节得到修剪，并且一定会选择主人出门时进行；当主人决定出游时，会及时递上一份详细的出行路线，包括所有安排好的航班、酒店、汽车租赁，并且会考虑好交通高峰和人流强度的影响，还会有一份备用的出行路线；主人一起床，餐桌上会有一份用熨斗熨烫平整的当日报纸；……这样的“老管家”年薪百万，数量肯定不多。倘若“举国皆仆佣”，这行当还能这么精贵吗？

更要命的是，把最好的人力、物力、智力都用于揣摩“上流社会”的脸色，“倾家国之物力，结上司之欢心”，谁来全力以赴做实业、做科研，缩小与发达国家的差距？大家都把自己训练成了优秀的管家与仆人，而被取悦者又口口声声谦称“公仆”，不肯承认自己是主人，那么，“主人”都去哪儿了，谁能给自己的人格做主，使自己敢于放心地“藐视权贵”，全心全意“取悦”民众？

（刊于2014年2月21日《杂文报》）

» 谁拿走了我们的钥匙

新来的小女孩不慎丢了iphone5S，十分郁闷。众同人深表同情：她是初出校门的“劳务派遣工”（类似于昔日所说的“临时工”），月薪只有1100多元，等于是一举丢掉了不吃不喝近半年的全部收入。于是说到“派遣工”的工资问题：虽然体制内正式工月薪也仅2000上下，可无论如何总比“劳务派遣工”要好些。这种制度性的“同工不同酬”，分明与《劳动法》第四十六条背道而驰，何以能长期畅行不衰，如入无“法”之境？

吊诡的是，不仅当事人对此深感不合理、不仅正式工深表同情，而且单位领导、领导的领导、领导的领导的领导也纷纷感叹“派遣工工资实在太低”，却又纷纷表示“这是制度”，“制度就这样”，“不是我能够改变的”；更有甚者，就连专门负责为劳工维权的劳动监察部门也觉得无力改变。恰似一个溺水者，不但他自己无力自救，而且岸上围观众人也深感无奈；围观者中，不但旱鸭子们表示无能为力，而且游泳高手，甚至专业水上救援队的打捞专家也纷纷觉得自己爱莫能助。这，难道不是很滑稽吗？

现实中，执行者与被执行者都觉得不合理、却又都深感“我无法改变”的，远不止这一件。例如，泛滥成灾的“文山会海”，起草文件者累，收到文件要落实的也累；组织会议的累，疲于参会的也累。可谁都不敢率先取消会议、抵制文件，只因为“这是惯例”。再如饱受诟病的检查评比，谁都明白现行的检查评比越来越沦为“认认真真走过场”，查与被查双方都不胜其烦，却又谁都不敢率先喊停。又如官话套话，明知那套“正确的废话”早已是“听的人不信，说的人自己也不信”，可一旦自己坐到台上，立即自动切换到那套话语体系。还有多少东西，就这样被我们“鄙视并践行着”？

蓦然回首，其实，我们一直就被牢牢锁在一个个款式不同、名称各异的笼子里。这些笼子，有的名叫“制度”，有的名叫“风俗”，有的名叫“惯例”，抑或“民族劣根性”，等等。在笼子里住久了就会忘记：当初是谁、为什么造出这个笼子？我们真的至今还需要这样一个笼子吗？开启笼子的钥匙又在哪里？就算钥匙丢了，我们难道不能齐心协力找钥匙、找开锁匠或者找个撬锁换锁、撬铁条砸笼子的工具，一定得被一个明知不合理的笼子囚禁至死吗？

而下列悖谬的现实剧情更是司空见惯——过马路时等红灯的骂那些闯红灯的，售票窗前排队的骂那些插队的：“唉，没办法，中国人素质太低!”相亲节目屏前，我们抱怨“中国人太功利”，宁坐在宝马车里哭，也不坐在自行车后笑；公车无人让座，老人倒地无人搀扶时，我们谴责“中国人太冷漠”；……可是，谁是中国人？难道，上述义正词严地谴责“中国人”的，都是些外国公民吗？

鲁迅在《娜拉走后怎样》中说：“中国太难改变了，即使搬动一张桌子，改装一个火炉，几乎也要血；而且即使有了血，也未必一定能搬动，能改装。不是很大的鞭子打在背上，中国自己是不肯动弹的。”这种“太难改变”，很大程度上就是源于数千年来，我们只知有上司，不敢有“自己”；只知有“集体”，不敢有“个人”。于是，人人都把自己当成了心安理得的看客，基本丧失了“主动扛起主人之责”的能力。

可二十一世纪信息时代，民智早已历经N轮启蒙运动的洗礼，我们还好意思将一切都归咎于历代以来的愚民、弱民、制民政策而不反问一下自己是否尽了力吗？

（刊于2014年1月14日《杂文报》）

» 若学术不自由，则“职称”无意义

智者云：“堕落无底线”。不久前的一则报道又为它增添了新注脚。5月4日，一则短信截图传遍微博：“请准备3万到4万元，于今晚到新天宾馆2408房间找刘某某教授，晚了就送不进了。”原来，这是湖南高校职称评委刘教授在公然“开房收钱”。

根据“审丑疲劳”定律，对于幕后权钱交易的种种传说，今天我们已“听惯不惊”；但如此广而告之的收钱，还是令人有点意外：“潜规则”已从“地下”漂白到“地上”了么？可看一看这“举国惊诧”的架势，它分明还貌似过街老鼠。看来，人们惊诧的不是“评职称要送钱”，而是这位评委的收钱方式——你收钱也就罢了，还预先做广告；做广告也就罢了，还使用手机短信这种铁证如山的方式，真可谓“很傻很天真”，成为被舆论之“枪”率先击落的“出头鸟”也就不足为奇了。

可“秒杀”了公开收钱的刘评委，是否就等于杜绝了“不公开收钱”的“张评委”、“李评委”呢？事实上，“收钱被曝光”只不过是“小概率事件”——有几个评委会像刘这么傻，让

人抓到白屏黑字的把柄？而那种比中彩票概率还低的“查处”，能有多大震慑作用？难怪一位参评女教师带着哭腔对举报者说：“你当一辈子讲师不打紧，现在评委被你折腾得调换了，我们的红包白送了，一年的辛苦白费了，你能改变什么？”显然，评与被评双方都认可了这套交易规则，“问题早已存在，大家从见不惯到习以为常了”（湖南省纪委陆群语）；而且，“不仅是评职称如此，评奖、评优、课题评审，一级学科、重点学科的评审，甚至于院士的评选”均有腐败（学者张鸣语）。

是什么让“评审”二字严重癌变？答案其实很简单：学术评价问题，原本就不该交给权力来主宰。

何谓职称？百度百科如此解释：它“理论上是指专业技术人员的学术和技术水平、工作能力以及工作成就”，可“在目前中国的现状下，职称主要代表社会地位，有高职称的人享有较高的社会经济和福利待遇，与实际技能未必有直接关联”——也就是说，“学术”不过是幌子，实质上，职称早已背离其本义，充当了权力主导下“同工不同酬”的合法借口。女教师为何而哭？因为任何专技人员都无法绕过这个残酷现实：首先，职称已成为精神、物质各项待遇的“入场券”，没了它，你业务再强、工作再卖力，也不会获得与之相称的权益；其次，一个人享有哪一级职称，不是取决于你自身的学术水平和业绩，也不是取决于同行公认或社会公认，而是某个权力机构说了算。

一个权力机构，掌控着无数专技人员的休戚荣辱，却不受任何制约，一切由他们说了算，“有时候公示也只是形式，……如果觉得不公正，教师几乎难有申诉的机会”（张鸣语）。这样的机构、这样的“评审”，恰似一块肥得流油却又终年不通风不见光的肉，怎能不溃烂癌变？此情形下，奢望能按照字面上那些冠冕堂皇的规则来评审（亦即吴思所说的“第一等公平”），无异于痴人说梦；相形之下，刘教授不分生熟贵贱一概“阳光交易”，并且据说办不成事还会退钱，倒算是难得的“第二等公平”了。既然“学术本位”的门紧锁着，那么能有一扇“开房收钱”的窗，也总比找不着北要好。事实上，更多时候，我们面对的是这样一个“死局”：既无法通过自身学术努力来获取合理的物质精神待遇，又找不到能够参与博弈的“门路”，只能眼看着人家垄断了一切，自己却连残羹剩饭也未必有份。

“学术”身中剧毒，有没有解药呢？当然是有的。问题只在于既得利益者用与不用、拿什么来迫使其服用罢了。例如，让职称评审透明化，就像英国的议会质辩过程一样，将所有参评者的资料、评审过程视频等都放到网上，所有人都可查阅，当事人尤其是落选者可以质询，评审方必须在一定时限内作出答复。倘如此，何愁无公信。

十八世纪法国剧作家博马舍有句名言：“若批评不自由，则赞美无意义。”此语已传遍世界，并成为法国《费加罗报》每日刊头语。同理，透过评委“开房收钱”一事，我们完全应该总结出另一句类似的箴言：若学术不自由，则“职称”无意义。是时候了，让权力之手退出学术评价领域，别让它一直扼住专技人员的咽喉。

（刊于《清风》杂志2012年第6期“视点”栏目）

» 奶粉已然过期，民意尚未生效

2008年奶粉风暴后，我等草根消费者纷纷紧急“断奶”：自己不喝、严禁孩子喝，冰箱大清理，库存牛奶忍痛丢弃，走亲访友绝不赠以乳制品，……诸如此类。时过境迁，当初的紧张早已淡忘，对乳品的信心死灰复燃，孩子又开始喝起了牛奶。是啊，乳品上下游行业几经整顿，声势如此浩大，代价如此惨重，教训如此深刻，若说还换不来企业的“刻骨铭心”和消费者的“安然放心”，谁信？可事实证明，我们太天真了。纵然三聚氰胺已成过街老鼠，纵然“三聚奶”已成“过期奶”，仍未能阻止商家“废物再利用”的巨大决心。当年被召回的问题奶粉竟没销毁，而是存起来，逐袋剔除结块变色部分后“变身”为各种乳品、雪糕重现市场。这一惊人的节俭精神，让我不禁倍加怀念那艰苦勤俭一辈子的老奶奶。遥想她老人家生前，总舍不得丢弃已发霉的年糕，以为只要用水洗掉表层的霉毛，里面的毒素便不复存在。可我奶奶只把“节俭”下来的问题年糕留给自己充饥，从来不忍心拿我们的身体去检验其安全与否啊！

诚如许多网评所言，面对“三聚奶”复出的消息，直想砸了电脑。可电脑是自己的，身体是自己的，孩子更是未来全部希望所在。痛定思痛，要喝上放心奶，似乎只剩下两条道：要么亲自养一头奶牛；要么把自己“炼”成质检员。只是以如今的房价，要盖一间牛舍委实太难，而改行当质检员更非一日之功。在完成这两件大事之前，还是应该先静下来好好想想：是什么，让十几亿人的“公愤”沦为“无效愤怒”？都说“众怒难犯”，可犯了众怒之后不仅全身而退，而且卷土重来，这只能说明一个问题：并非所有的愤怒都能成为“有效愤怒”；“民怒”与“官怒”之间、“民愤”与“官惧”之间，都还存在巨大断裂，以致无法实现有效的“传感”与“对接”。

事实上，在这片拥有数千年专制史的土地上，聪明的古人早已总结出一条不传之秘：“官怒”不可犯，“民怨”不足畏。毕竟，一直以来，民众只是一盘散沙，既无有效的组织以维权，又无足够的自由以激活其威力，充其量只是杯中之水、碗中之水、釜中之水，抑或草尖的露珠，远难汇成足以载舟、覆舟的大江大海；而官僚与资本不仅组织严密，而且掌控了几乎所有资源，一旦沦为其公敌，必将遭到立竿见影的反击。孰轻孰重，一目了然。吴思在其成名作《潜规则》中就举了不少高擎“为民请命”旗帜挑战权势阶层的例子，几乎无一例外都以大败告终。所以，个别监管人员即使想有所作为，恐怕也无能为力。

行业监管是否有潜规则、问责是否有漏洞，不妨存而不论；要紧的是，当监管者的乌纱和饭碗只捏在“上官”的密室里而不能体现于“下民”的选票中，那么，只要“官怒”不足，则无论“民怨”如何沸腾，也注定只能止于闾巷、止于网络、止于一时，而难以构成对监管者的现实威胁，更无法构成迫使责任官员主动引咎辞职、迫使责任企业彻底召回问题产品的有效压力。只要地方“利税大户”可以为政绩争光而民众的抨击无法令仕途失色，那么，“官怒”就永远没有足够的动力，“企业命脉”就永远大于“公众安全”，类似上海熊猫乳品案“四月查处、十二月披露”的“捂盖子”行为就无法绝迹。从这一意义上说，沦陷的显然不仅仅是一两家企业，而是整个机制。即使奶粉风波中的去职官员不复出、三聚氰胺不重现，也难保不会有“四聚氰胺”、“五聚氰胺”粉墨登场。

“三聚氰胺”被迫再度站到愤怒的聚光灯下了，可我更担心聚光灯熄灭之后，以及我们视线以外那些灯光照不到的地方，还将长出些什么？奶粉已然过期，民意何时才能“生效”？

（刊于《潇湘晨报》传媒公司旗下《清风》杂志2010年第3期）

» 要懂得多少知识才能不“挨刀”

又是一年“3·15”。据说，这个美好的日子名叫“国际消费者权益日”。当然，无数事实表明，凡是需要专门设立一个节日来“保护”的，多半意味着除了这一天之外每天都有可能因“无保护”而处于濒危状态了。那么，我们必须修炼成怎样的内功外功，才能维护自己的起码权益而不被坑害呢？换言之，我们的生存成本究竟有多高？

经过几亿个同伴的激烈厮杀，你成功住进妈妈肚子里准备进军这个世界。妈妈花大价钱买了条“防辐射围裙”试图为你构筑人生第一道屏障，让你免受摸不着看不见的射线之害。可有一天电视上说，这围裙不但防不了辐射，还会增强辐射值。你恨不得对爸妈说：你该成为物理学专家才对！知道什么叫“法拉第笼”，就不会上这当了。

终于顺利诞生，闯过九九八十一难，你四五岁了。为了不输在起跑线，爸妈把你送进一家号称实行“双语教育”的幼儿园，当然，费用比别家高出一倍。谁知那个撑台的“外教”一周不露一次脸，不具备任何幼教资质，还不会中文。你们是不是得先成为教育行政管理当局的专业官员，摸透每家幼儿园的内幕再掏钱？

过生日了，你想吃个蛋糕。爸妈收入不高，省吃俭用买了个6寸的。原以为直径差不多也快20厘米了，一家三口每人能吃上一小块；谁知人家说的是“吋”，也就是英寸，直径大约只有15.2厘米。谁让你不是时尚专家，没料到“中国店”坚决不用中国“寸”呢？

你长大了，出息了，买得起车了，那天慢慢倒车，不慎轻轻碰了一下墙角，车尾的保险杠外壳碎了，打开一看，里面居然完全没有防撞钢梁，全是塑料泡沫。还好只是轻轻碰壁，万一追尾你还能保住小命吗？你义愤填膺决定号召车友们抵制这个品牌，不料各厂家都有猫腻，忽悠人的车型比比皆是。想要买到安全实在的车吗？你不但得成为汽车构造专家，还得先把车子拆开，每个零部件细细检测一遍才行。

刹车片该换了，维修工向你推销一种新型刹车片。被坑怕了的你这回多长了个心眼，坚决不同意。可没过两个星期，你的汽车就又出毛病了，开回来修理时你不但低头认错，还决定以后一定听他的。你哪里知道，这次的所谓“故障”根本就是“人造”的，只因维修工推销未果很生气，往你的刹车油里放了些酒精，于是变速箱齿轮很快就严重受损了。

成不了汽车维修专家，你一气之下不开车了；可饭不能不吃吧？你去买了桶食用油，自然不知道它是地沟油，吃多了会致癌。有啥办法呢，你难道还能把自己练成化学专家？

你是姓“羊”的，不想吃人也吃不了人；你只想自己努力种草、吃草，平安无事地活着而不被无端吃掉——就这么一点可怜的愿望，实现起来咋就那么难呢？没错，狼要吃羊易如反掌，羊就算躲得过狼口，也未必逃得出虎窝。可那是丛林社会；咱现在不是号称文明世界了吗？咱每种一捆草都上缴了两个银币，用来供养牧羊犬和组建五花八门的专业化捕猎队，他们就是咱们的理化专家、汽车专家、果蔬专家、法律专家和所有你能用得上的专家，其作用就是让我们不必长出三头六臂也能抵挡虎狼。现在，他们哪儿去了呢？

（刊于2012年3月15日《海峡导报》）

» 行到“道德疲软”处，便是“法律托底”时

该不该以法律的形式来为善举护航？这是一个言人人殊的争议话题，自然不好一概而论。11月6日，山东省政府办公厅就下发了《山东省见义勇为奖励和保护条例》，其中明确规定，见义勇为受益人应当对见义勇为者及其家庭成员表达谢意、予以慰藉；同时，各级政府及部门应对见义勇为者及其家庭在基本生活、教育、就业、医疗、住房等方面给予优先照顾（2012年11月7日《山东商报》）。

消息既出，照例有人盛赞、有人皱眉。最典型的批评是，以法律的形式规定见义勇为受益人须答谢恩人，会使“见义勇为”和“知恩图报”这两种美德都变了味，这是道德的悲哀，令孔子故乡蒙羞。可道德审美主义者们似乎忘了当下的严峻现实，既然单靠“道德”的力量早已无法支撑“见义勇为”的普及，也无法改变“见死不救”、“获救不谢”，甚至“恩将仇报”之类极端行为的此起彼伏，那么，为了让更多危难之中的人能够得到及时的救助，法律怎能不出手“托底”？这里说的是“托底”而非

"雄起"。也就是说，法律不必站出来强制要求公民必须做一个道德伟哥，对于私人空间，法律理应"慎入"；可对于公共领域的事务，法律却不能"缺位"。如果道德已经明显"疲软"失效，那么法律就该及时对相关各方的权利义务进行起码的明确和规范，使更多的人敢于、乐于做出善举。

《吕氏春秋·察微篇》中有两个著名的例子，一个是"子贡赎人"，另一个是"子路受牛"。孔子的学生子贡出钱赎回了流落异国他乡做奴隶的鲁国同胞，按规定可以向政府领取补偿和奖励金，可他却"高风亮节"不要，于是孔子责备他阻挡了人们继续赎买奴隶之举、坏了好事，说：真正有德行的人，做的善事应该让大多数百姓都能做得到，而不是只有自己一个人可以企及，这样才能移风易俗。另一个学生子路见义勇为救了一个落水的人，获救者送他一头牛作为拜谢，子路坦然收下。孔子听到这事后高兴地说：太好了，受你的影响，今后咱鲁国勇救落水者的人一定会更多的！

许多人至今还没明白一个道理：道德并不是要任何人去做损己利人的重大牺牲，而是要引导人惠而不费地去做有利于人而又无损于己的好事。只有这样，才能普及、才能持久。那种一味要求见义勇为者不得收取任何报酬，甚至连一声感谢都不能要的伪道学论调，可以休矣——因为它的实质是用冠冕堂皇的词汇剥夺了见义勇为者的基本权利，却没有提出任何保障措施，等于把见义勇为者逼到了一个难以生存的绝境。2000多年前的古人尚且明白这个道理，今天许多人反而被似是而非、贻害无穷的"道德高调”晃花了眼。倘若听凭这种徒具观赏价值而无法推广的“道德生态”继续下去，怎能不导致义举和善行日益稀缺甚至绝迹？

为了你我或你我的亲人在危急时刻都能有望获得救助，总得有一个办法，像保护大熊猫那样改善“见义勇为”者的现实处境，解除其物质上、精神上的后顾之忧。事实上，该条例对见义勇为者的“托底”还不够有力，最主要的表现是，对于公权力机构（“有关部门”）在执行此条例过程中的缺位失职行为，依然像以往一样，只泛泛地提出了几条原则性的规定，而没有拿出具体可操作的追责办法和惩戒措施，更没有规定该由谁来负责执行这种追责与惩戒。这无疑会大大削弱其实施效果。但愿我未言中。

（刊于2012年11月8日《春城晚报》，11月14日《太原晚报》以“特约评论员”名义刊用时题为《道德疲软需以法律托底》）

» 何苦挖穿人性“瓦斯罐”

一个仅1岁多的孩子，被母亲及其男“网友”视为私奔的“累赘”而百般凌虐致死。悲剧见报后，有论者认为，对虐杀幼儿的母亲，仅有谴责远远不够，建议晚报作深度报道，“从她出生、成长的环境和经历来寻找答案”，看看这位母亲“会不会也是（社会环境的）一个受害者”（《太原晚报》12月28-29日）。

多么似曾相识的思路。岂止似曾相识，事实上，近年来已经无数次被付诸实践了。譬如郑民生，譬如药家鑫，以及更多案例中，不是媒体就是公众，不是公众就是专家，总有人一次次“深挖”恶行背后的“深层原因”，挖来挖去，俨然成了另一种思维定式：凡是个体的恶行，总能找出背后的环境之错或者体制之错，总之，都是他人的错。

“大环境缺陷”固然是一大污染源，可问题是，世上哪有无缘无故的行凶？每个人都是各种环境因素交互作用的结果；任何犯罪嫌疑人都能给自己找出一个理由。倘若所有的善举都是自己修炼的成果，所有的恶行都是环境、体制、他人的错，那么恶行就都能染上“被逼无奈”的保护色，还有多少责任需要自己来承担呢？

这是一种相当可怕的心理暗示，无论其初衷多么好，其客观效果都是让人在举起屠刀时可以更加理直气壮而无愧疚。

可人之所以区别于野兽、文明世界之所以区别于野蛮时代，就在于有底线——总有一些事，无论如何你都不能去做，如杀害无辜。弗兰克尔说得好：无论环境多么逼仄，即使生命都随时可能被外力夺走，人也至少还有一种自由，那就是，可以选择自己面对困难的态度。同样面对抚养孩子的艰辛，许多人比本案中的“李红”、“陈勇”更加困窘，为何绝大多数人没有作出一杀了之的魔鬼选择？“环境所迫”能解释得通吗？

别把所有的恶行都归咎于缥缈的“深层原因”。凶手为何举起屠刀、哪些因素在影响其抉择，这是犯罪心理学专业人士要探索求证的课题；至于媒体该不该率领公众一起深挖，则须考虑两个问题：一是批判的价值次序；二是社会后果。前者指的是，一个事件可能存在许多值得批判之处，远的近的、强的弱的、直接的间接的、明显的隐含的，……在这么多可批判选项之间，首先该批判其中最直接、最确凿的因素，然后才是间接的、微弱相关的东西。在“生母虐杀幼儿”的悲剧中，两个大人的残酷、冷血、自私是最直接而确凿的恶；至于疑凶“出生、成长的环境和经历”则属于“也许、可能、大概是”的潜在“诱因”。倘若颠倒了应有的批判次序，对眼前最直接的恶轻描淡写，却浓墨重彩地聚焦于“也许、可能、大概是”的所谓“深层原因”，就难免给社会以恶劣的暗示，遇事习惯性地将问题推给远处那个缥缈间接的“环境因素”，恶也就会更加肆意泛滥。

而“社会后果”指的就是，并不是每一种“深度报道”都能结出善果；有时，“深挖”只会把深埋在地底的人性“瓦斯罐”挖穿，释放出被禁锢的魔鬼。而媒体的理性，要求它必须考虑可能产生的不良后果，进而对自己的报道冲动有所节制。这和血案报道中媒体只能止于让公众知情而不能过度渲染暴力是一样的道理。所以，就让它适可而止吧，这是理智，也是善。

（刊于2012年1月11日《嘉兴日报》，题为《别把所有的恶行都归咎于缥缈的“深层原因”》）

» 做一条知冷知热的“广温鱼”

前段时间，一则微信段子在朋友圈疯转，引爆阵阵幸灾乐祸的笑：话说两会闭幕时，纪委书记突然发言：“会后有两个人需要暂时留下！”他喝一口水，停顿了十多秒，全场死一般沉寂。书记继续说：“这两个人……”再次停顿二十秒。会场飘过一股尿骚味。纪委书记最后说：“这两个人就是倒茶水的小彭和管音响的小李。其他人可以走了。”与会诸君散后，纪委书记摘下眼镜看了看，对工作人员说，去检查一下，座位是湿的一律拿下！

段子只是段子，现实却的确可谓官心悚栗、人人自危。在这“日均‘双规’500官（外媒语）”的“新常态”下，天知道有多少官员夜不能寐，不知楼上的“另一只鞋子”几时落地，不知头顶的达摩克利斯之剑何时掉落，刺破自己多年来早已在“权钱双收”的实践中做得几乎变成“文化基因”了的一枕黄粱梦。

一个不争的事实是，尽管天还是那片天，地还是那块地，可天地之间已不再是从前的空气。君不见，就连“新常态”、“打虎拍蝇”等词汇都已被《咬文嚼字》招安，收编为2014年度最热流行语之列了。社会“气温”在变，大众取向也在变。在这场拆除“政治违章建筑”的集体行动中，从前观望、姑息、敢怒不敢言，甚至积极参与“违章搭盖”的人们，一跃而成同仇敌忾、遍地是“民间纪委书记”——有睁大眼睛寻找、自觉监督“违建”的，有拍照上传立此为据的，有奋起实名举报的，……俨然有围追堵截之势，誓教贪腐四面楚歌。

古人谓“春江水暖鸭先知”，可鸭鸭们只不过浮在水面，并且还穿着一层如假包换的纯正鸭绒服，对于水暖水寒，哪有水中的鱼儿那般有切肤之痛？事实上，在这“贪”与“惩贪”的江湖里，我们都是一条条休戚相关的鱼，无论是庞大如鲸鱼还是纤细如银鱼，总之身上每一个细胞都在即时传感着水体的凉热嬗变。众所周知，作为变温动物，鱼类不但自身体温随着外界水温而变化，而且广泛采用季节性迁移、洄游、冬眠、夏眠等各种招数来适应水温之变。能适应较大幅度水温变化的叫作“广温性鱼类”；反之则为“狭温性鱼类”。瞧人家知冷知热，与时俱进，何其“识局知机”！

鱼犹如此，人，岂可认定“水温骤变”只是大鱼们的劫数而与己无关？

下雪了，天晴了，就让自己做一条知冷知热的广温鱼，切莫春江水暖犹不知。倘若你身处纱帽在头、蟒袍在身的那个阶层，别有恃无恐依然故我，像万庆良们那样顶风出入豪华会所，或者像“槁木先生”赵黎平那样被美人逮住了把柄，情急之下撕破了才子英雄的华美皮袍，露出拔枪杀人的低智商。如果你是生意人，别哀叹自己好不容易掘开的“对公生意”之河、养大的“会议经济”之树、开辟的“送礼经济”之库突然就根断水枯，原定一个月完成的营业额竟一年也完不成。如果你在奢侈品商家打工却因奢侈品行情骤降而濒临“被裁员”，那么，请收起抱怨阻挠和诅咒。既然未能赶上“腐败经济”的“黄金时代”，又错过了它的“白银时代”，甚至连“青铜时代”也未来得及分上一杯羹，那么，除了当机立断迅速转型到健康的轨道上来，难道还指望全国人民为了给你扭亏止损而把奢靡之风重新请上庙堂吗？

也许你会说，我只是一个草根、一介布衣，反腐既反不到我头上，也没有我出力之处，没我什么事。可是兄弟，别遇到事情就立即想到托人情、走关系，更别看到人家奉公守法不为自己谋私利就鄙夷地迸出一句“没能耐”，看到人家不跑不送原地不动就笑人家“没本事”，齐心协力用自己趋炎附势、笑贫不笑娼的势利目光把好端端一个个有良知的守法吏员往“擅权、弄权、会钻营的熙凤姐姐”路上逼。这，同样也是你能为反腐做的益事啊！

古人倡导“穷则独善其身，达则兼济天下”，以“修身、齐家、治国、平天下”四个层次，为各种处境的公民都提供了积极作为的可选项。假如你作为最边缘的那一群都不肯舍弃自己在“腐败经济”中所分润到的那么一小杯羹，又有什么理由，去指望核心既得利益阶层会节哀顺变、割肉断腕呢？

所以，做一条知冷知热的“广温鱼”吧，只要愿意为清平世界尽一份力，那么，从“独善其身”到“兼济天下”，总有一款适合你。

（刊于《清风》2015年第5期）

» “国产手机多陷阱”与“晚清渔民抗海盗”

吴思《潜规则》中引用过段光清《镜湖自撰年谱》中记载的一段故事。咸丰年间，宁波外海海盗横行，渔民和商人深受其苦。这无疑是清朝水师失职，领饷吃粮不干活，就像今天一些工商质监对于假冒伪劣不作为一样。可那时的老百姓哪敢质疑官家，只好自己凑钱，请水师出海捕盗。这又像是在纳税养工商、质监之外再多供养一个有着“消协”之名的官僚机构一样。此法起初管用，可一年年地给钱，久而久之竟成了水师该得的一笔灰色收入，渐渐地后者收了钱也不干活了。总之，老百姓花了两次钱还是没买到海上安全。正在绝望之际，幸好，水师的垄断地位被打破了。聪明的宁波商人转而掏钱请洋人的战船护航，并设法拿到允许洋人航行和入港的许可证。于是不久后朝廷接到报告说北方海防有轮船“捕盗甚力”，并且是持证作业，海盗闻风丧胆。

晚清渔民、商人真是既聪明又务实，如此出资购买海上安全，好歹是万般无奈中一条还算不错的出路。可归根结底，此法之所以能奏效，还得取决于出钱之后能买得到想要的服务。倘若公共服务领域都是“独此一家别无分店”，到哪里去找“捕盗甚力”的竞争对手呢？谓予不信，看看一百多年后沸沸扬扬的“手机陷阱”问题吧。

2010年5月8日央视《焦点访谈》报道，在“人手一机”的今天，许多人都曾被莫名扣取高额信息费，而这竟然是因为——“国产手机大多设有收费陷阱，不点也扣钱”。各种违规的收费软件出厂时就捆绑在你手机里，有的一点击就扣费，无须你确认同意；有的干脆就定期扣费，无论你是否点击。而你不但不知情，并且无法删除它。卖场工作人员说：“现在手机哪有完全没有（内置菜单）的，没有那种机子！”而消费者则怒称：“这不和抢钱一样吗？”

众所周知，手机市场不比水、电、煤气、石油，它早已充分多元化，大小品牌多如牛毛，很难再归咎于市场垄断；而简单地指责手机生产运营商们“道德堕落”更是无济于事，因为逐利是商人的天性，无论你喜欢不喜欢都得承认。那么，是因为技术壁垒，让一个拥有7亿之众的群体沦为人家砧板上的肉吗？可那些国际品牌的技术力量不比你弱，他们的消费者也未必人人都是通信专业精英，人家怎就不敢这么干？信产部2006年既已规定：信息服务商必须事先告知收费标准和收费方式、必须经过用户“二次确认”后方可向用户提供信息服务；中国移动2007年年初也出台管理办法，禁止SP和终端厂家直接进行终端内置业务合作。如今这些规定被一一架空，手机厂家、手机增值业务供应商、手机方案商、电信运营商联手打劫，手机收费领域沦为无规则、无廉耻的原始丛林，是何故？

说到底，尽管手机生产、销售环节早已群雄逐鹿，但监管领域和维权领域却依然处于完全的垄断状态，消费者根本就无法找到一家“持证作业”且“捕盗甚力”的“捕盗船”充当“鲇鱼”，也就别指望能获益于“鲇鱼效应”了。既然无论维权、监管效果如何，工资奖金照拿、铁饭碗照捧、待遇照享，服务质量怎能不“跳水”？

有趣的是，就在信产部出台上述规定的同时，2006年，哈佛大学清洁工保尔因工作时间晕倒在走廊沙发上而被解雇。这个连英语都不会说的海地移民找到了他的“组织”——服务业雇员国际工会（SEIU）地方分部。SEIU立即行动，包括向哈佛发出抗议，提交劳工仲裁，组织工会成员乃至哈佛教授学生抗议示威等。在工会、学生的压力下，哈佛恢复了保尔的岗位并补偿了他的损失。

相形之下，我们的7亿多手机用户竟比人家一个“外来民工”保尔还无力，不就因为没有真正属于自己的代言组织吗？假如我们也能聘请懂行的人士，组成真正靠自己吃饭、对自己负责的独立维权组织，只要会员一个电话它就会像SEIU那样开始行动，而不是高高在上、消费者连门都找不着的官方机构，那么，“手机用户”这一滴滴“杯中之水”、“碗中之水”、“釜中之水”何愁不能汇成足以载舟、覆舟的大江、大河；而面对联合抵制和巨额罚单，哪家运营商还敢为虎作伥，哪家生产商还敢放纵自己发横财的欲望？

（2011年5月10日“红辣椒评论”采用时题为《“国产手机皆陷阱”背后是缺失的权力监管》，网易、中国经济网、中金在线、金融界、淄博新闻网、安徽网、法邦网、澳门月刊，5月12日《陕西工人报》等转载）

» 每一件“新装”都通向“塔西陀陷阱”

多年前读《语言与文化》课时发现，“宣传（propaganda）”一词，在英语中竟是贬义词；而抹黑这个中性词汇的，正是那种对事实进行“艺术加工”来“塑造真相”的做法。最近，一则大运交警“被英雄”的新闻让我又想起了这个词汇。

先是有报道称，“深圳交警孙震因忙于大运会安保工作，无暇照顾产后的妻子和新生儿，以致孩子不幸夭折，孙则被市交警局评为首批‘大运安保之星’”（事见《深圳商报》）。可该“事迹”却广受质疑，凤凰网调查显示，多数受众认为：“这种情况没有人可以替班吗，难以理解！”“这种褒扬是对基本人性的违背，难有好的宣传效果。”甚至有人将其与春秋时“杀妻求官”的吴起相提并论。对此，孙震夫妻倍感委屈：明明是“太多的身不由己”，明明“不是不想回去”，却硬被塑造成孩子夭折后都“毅然决定留在工作岗位”拒不回去，这不成了不近常情的“工作魔”吗?

时代已不同，今天再去生造悖离常情的“典型”，已很难收获感动了，遑论感召。倒是连累当事人，在痛失爱子之后还要承受无数质疑甚至侧目。

或许，这种做法只是“惯性”的产物，犹如卖油翁那句千古名言：“无他，唯手熟尔。”而类似惯性可谓由来已久，如不久前还有重庆市易如国老人为了进京唱红歌而未能给老母送葬的报道。我们尽可义正词严地用“歪曲”、“别有用心”之类的词汇来抵挡propaganda一词的“被贬义”，可问题是，如果“典型”不仅令邻居掩口窃笑，而且连自家成员都嗤之以鼻，那么，它究竟还有多大意义？若还频现报端，只能折射一点：不是“英雄”不近情，而是造神运动已成惯性，乃至明知其谬而不改，恰似《皇帝的新装》。

一则老掉牙的童话，何以至今仍不过时？为何明知皇帝没穿衣服，却都一本正经，同心协力将“新装大游行”进行到底？古罗马历史学家塔西佗曾提出过一个著名的见解，后来被概括为一条广被引用的政治学定律——“塔西佗陷阱”，通俗地说，就是：“当一种做法失去公信力时，无论说真话还是假话，做好事还是坏事，都会被认为是说假话、做坏事。”

所以，请不要忘记，历史还有这条铁律：每一件“新装”的尽头，都有一个“塔西佗陷阱”；而每一个“塔西佗陷阱”所透支的都是公信，耗尽的是万金难买的力量之源。

（刊于2011年9月2日《闽西日报》，题为《必须远离的“塔西佗陷阱”》）

» “窃听阴霾”何时了

总以为自己位高权重，一呼百应，谁知下属突然甩出一份偷拍的光盘，悍然要你“看着办”；总以为天知、地知、我知、你不知，孰料最隐秘的时空都逃不过一双双“看不见的眼睛”，潜伏在自己做梦也想不到的角落……这不是谍战大片，也不是《窃听风暴》，而是活生生的“官场现形记”。例如，湖南麻阳县委书记胡佳武的办公室就曾被人私设摄像头监控半年，而躲在摄像头后面的，是几双“身边人”的眼睛——县委办督察员、县法院书记员、派出所所长。

偷拍、窃听不择手段，尔虞我诈“步步惊心”，这种恶劣的仕途生态，早已不止是麻阳县委书记“一个人的噩梦”。《南方人物周刊》就有过关于“官场窃听成风”的具体报道，其中有来自山西的官员自称当地官场广泛使用间谍设备，彼此刺探，抓对手把柄，以致官员见面都要拥抱，趁机摸摸对方身上是否带有设备；而检测窃听、偷拍设备的山东齐红更是透露，仅2011年，他就从上百名官员的汽车、办公室或是卧房拆出300多个窃听、偷拍器材，最忙碌的一周拆除了40多个，而这些窃听、偷拍器材的安装者，则是官员的妻子、情人或同僚。好传奇，好像惊险悬疑谍战剧啊！人们很难不毛骨悚然：官场这是怎么啦?

将心比心，无论官员还是平民，谁也不想生活在被偷窥的“芒刺在背”里。诚如麻阳县委宣传部副部长雷国荣所言：“这件事情让书记非常烦躁。作为‘一把手’，竟然被自己的下属……发生在你我身上是一样的。”那么，该如何，才能扫清官场“窃听风暴”的阴霾呢?

首先，正道不畅，邪路自然盛行。一方面，党政信息公开形同虚设，知情权、监督权都被屏蔽在“密室政治”的暗箱操作之外，自然给了偷窥、偷拍者以可乘之机，也给了对官场好奇而又无处管窥其真容的围观者以“消费”这些“隐私”的动力。另一方面，官员的选拔任用、升降黜陟无法实现阳光下的博弈，而只能囿于“小圈子”、“小范围”，极少数人说了算；自己的命运无法通过自己的努力去把握、通过正当途径去胜出，而只能取决于别人的一念之喜怒，“不甘平庸”的有心人自然就会转而选择投机钻营、拍马逢迎甚至窃听偷拍、倾轧下套等“黑幕里的较量”。

阳光才是最好的灭菌剂。倘若政府和政党都做到了在法治框架内透明运作，干部选拔、资源配置、项目安排等与民众息息相关的公共事项和公共信息都做到了依法、有序、民主决策、充分公开，即使有器材“藏在空调中、座椅下、台灯里”，也抓不到什么“重量级隐秘”，再辅以法规及民意对窃听、偷拍之类“阴招”的一致谴责和惩戒，哪里还会有偷窥、要挟等“邪道”之术闪转腾挪的余地?

一语概之，只有透明的法治阳光，才能拯救深陷“窃听风暴”中的官员，让他们昂首挺胸，就像当年“水门事件”中尼克松的竞争者那样，理直气壮地将胆敢窃听、偷拍的对手都送上被告席。

（刊于2013年1月31日《河南商报》、《山东商报》，2月8日《闽西日报》，标题为《以“法治阳光”驱散官场“窃听阴霾”》）

» “强烈反对”的底气从何而来

由国家发改委牵头的《收入分配改革方案》起草工作已历时八年之久，却屡次延期出台，各方仍存较大分歧，一直未提上国务院常务会议审议日程。后来，有知情官员透露，主要是因为碰到了“硬骨头”，人社部就规范央企高管薪酬待遇政策向央企征求意见时，遭到了一些央企高管的强烈反对。

多年来，公众对央企高管薪酬的质疑之声几近白热化，人社部此举也算是顺应民意、顺时而动。那么央企高管们凭什么“强烈反对”呢？看看这位高管的说法就明白了——2011年全国“两会”期间，全国人大代表、武钢集团总经理邓崎琳对记者称，自己税后年薪仅40多万，而美国GE等大公司高管年薪是千万美金。原来，央企高管们衷心认为自己的“工资远低于国外同行”，难怪要强烈反对。

可“远低于国外同行”能成为“强烈反对”的理由吗？要和国外同行企业比，为什么只比高管薪酬却不比职工薪酬，为什么只比薪酬却不比企业竞争能力和高管的经营能力？《国企》杂志曾将央企分为“不完全市场化”和“完全市场化”两种类型，将央企高管分为经组织部任命且有行政级别的“官员型”高管、内部提拔或空降的“身份模糊型高管”以及市场化聘用的“个别特殊人才”三种类型。换言之，有些高管，其职位和薪酬都是自己靠经营能力、靠市场实践“拼”出来的，无论薪酬高低都理所应当；可那些靠官场运作来谋职、靠政策垄断来维持企业运转的高管，有什么资格与国外市场化激烈竞争中脱颖而出的大企业高管比薪酬？

央企高管薪酬该“听高管的”还是听“雇主（全民）”的？就在邓崎琳抱怨“工资远低于国外同行”的8个月后，国资委出台《中央企业贯彻落实〈国有企业领导人员廉洁从业若干规定〉实施办法》，明确规定央企高管薪酬项目和标准由国资委或本企业出资人或董事会核定，不能由高管自己说了算。

从理论上看，央企的出资人是全体国民，无论国资委、国企董事会还是高管，都不过是受雇于全体国民、对全民负责的代理机构和高级雇员。“全民”才是那个真正需要为雇员高薪掏腰包的雇主，付钱雇他们是为了让其打理好自家资产，管理不善会心疼，发工资耗钱多了也会心疼，岂能在“雇员”工资问题上毫无发言权？

根据有关资料，中国基尼系数2010年即已达0.61，属于联合国定义的“收入差距悬殊”的社会。我们不奢望央企高管薪酬真能做到“与职工工资增长相协调”（见人社部、中组部等部委《关于进一步规范中央企业负责人薪酬管理的指导意见》），但至少应该“和企业以及企业的产品竞争能力相适应”（原国务院国资委主任李荣融语）；全民作为出资人所发出的强烈质疑，不应只是一缕稍纵即逝、无人理睬的轻烟。

（刊于2012年12月20日《青岛日报》、12月28日《闽西日报》，2013年1月4日《杂文报》。2013年秋，中共中央以十八届三中全会《决定》的形式明确提出，“合理确定并严格规范国有企业管理人员薪酬水平、职务待遇、职务消费、业务消费”。）

» “强者之德”如风，“弱者之德”似草

古人常说“兵不厌诈”。可头脑简单的我们，恐怕做梦也想不到，在二十一世纪的今天，自己好不容易订了机票、指望着“花钱买速度”，却完全有可能遭遇航空公司的“兵不厌诈”，从而一次次“被体验”什么叫作“欲速则不达”。8月11日，从西宁飞杭州的某航班就上演了这一幕。该航班当天下午2:20从西宁起飞，下午4:00整抵达重庆，按计划，经停20分钟后将继续飞杭州并于6:45抵杭。可飞机到重庆后，乘务员称要打扫机舱，骗乘客把所有行李拎下飞机，自己却改飞大连去了，扔下70名乘客在重庆机场苦等（8月12日《重庆时报》）。

航班甩客，总得有个理由。该公司的理由是：“这是航空公司的正常航班调配，如果不这样调配，延误的航班可能更多。我们也从深圳调配了一架飞机来重庆，保证滞留在重庆的旅客能尽快回家。”“因为延误不超过4小时，按照公司规定，是不需要对旅客进行赔偿的。”

可这套说辞是否足以服众？不妨听听乘客的话：“我们很生

气，为什么要欺骗我们？既然是航空公司的正常调配，就应该公布实情，取得旅客的谅解，而不是欺骗我们。”

是啊，除了欺诈，难道没别的办法能维持运转了吗？从深圳调配的飞机于当晚7:50抵达重庆，旅客被延误的时间恰好是3小时50分钟，离赔偿临界点“4小时”只差10分钟，航空公司算盘拨得多么精准，怎么可能事先不知道这架班机无法执行完既定飞行任务？一个堂堂现代大企业，之所以不采用光明正大的“事先告知”，而选择中世纪丛林社会“兵不厌诈”的手法，足证该公司心知肚明：机票售出那一刻起，就相当于与旅客签订了事实上的运输服务合同，“大连线需要飞机”不属于“不可抗力”，已方无权据此单方中断已生效的合同。

且不说“4小时内无须承担赔偿责任”纯属霸王条款，事实上，即使远远超出4小时，航空公司也总会有理由拒不赔偿。就在前一天，8月10日23:30重庆飞往西安的航班就“因故取消”，乘客直到11日下午才得以改签17:25的飞机重新启程。航班延误17个多小时，航空公司照样避而不谈赔偿问题——这当然是极其聪明的选择，反正乘客一下飞机就会散入茫茫人海，基本不可能倒回来找它索赔，怕什么呢！

只见航班误点，不闻乘客获赔，这是“强者无信义”的又一典型案例。古人谓，“君子之德风，小人之德草”，说的是，地位高的阶层为人行事奉行什么样的标准，将会像大风刮过草原一样，影响整片土地众多草根采取同样的道德取向。是的，关于“诚信缺失”，各阶层都难辞其咎；可如果说底层的“无信义”

污染的是河流，那么“强者无信义”污染的就是水源。

一个社会，可以找出一万种途径去约束弱者；但只有能够有效地约束强者、使之不敢肆意妄为，才配得上“文明”二字。那么，拿什么来破解这一困局？法律应该是所有人的靠山，尤其是弱者的靠山。当成群结队的乘客一再“被侮辱与被损害”时，法律和监管部门岂可袖手旁观？

（刊于2012年8月13日《北京晨报》、《嘉兴日报》，见报题为《航班甩客，法律岂能沉默》；8月14日《南京日报》、《盐城晚报》、《生活报》、《渭南日报》、《蚌埠日报》、《宜宾日报》，8月15日《吉林工人报》，人民网、新华网、中青在线、大公网、台湾网、搜狐滚动、中工网、和讯网、广西新闻网、新疆天山网、今视网、文新传媒、西藏新闻网、齐鲁网、山西黄河新闻网、中国台州网等转载。另一标题：《强者无信义是“诚信”“法治”的心腹之患》）

»　“深喉”困境

某天夜晚，重庆不雅视频案爆料人朱瑞峰连发多条微博，称被5名不明身份的警察围堵家中要将其带走。为了安全，他拒不开门，只能微博求助，直到授权委托多名律师为代理人并发表声明委托展江、王克勤、贺卫方等著名人士作为与家属的联系人、新闻发言人、法律顾问团筹备人之后，才在律师陪同下前往德外派出所接受警方询问（1月29日《新京报》）。事后证实，重庆警方派员赴京“跨省约谈”是为了调查取证而非“跨省抓捕”，朱瑞峰已于28日傍晚安然离开派出所。

虽然只是一场“虚惊”，可人们不禁要问：是什么，让一位资深调查记者、著名“深喉”高度紧张，犹如大难临头？是他杞人忧天、反应过度吗？

切莫以为朱瑞峰只是“一个人的紧张”。撇开重庆警方“与证人接触方式不当”的细节不论，这场“虚惊”背后，是实实在在的“深喉困境”，是一个个滥用司法资源、滥用公权力打击报复举报人的活案例。例如，2008年阜阳李国福因举报“白宫书记”而离奇死亡一案，经媒体聚焦追问，芜湖市中级人民法院终于将涉嫌买官卖官、陷害举报人的“白宫书记”张治安判处死缓。可事实上，明里暗里“修理”举报人的事件时有发生，而像张治安那样被追究刑责的例子却极其少见。十几年前，新华社山西分社记者高勤荣在发出多篇揭黑报道之后被公然罗织罪名入狱8年，虽经各界人士奔走呼吁，但迄今仍未洗白。至于故意泄露举报人身份、将举报信转给被举报人之类行径，更是屡见不鲜。

“渝警约谈朱瑞峰”事件后，不少网友致电建议他先避一避。于是有律师表示，决策者倘若此时作出危及朱先生人身安全的决定，不是明智而是愚蠢。此话固然不谬，可李国富、高勤荣殷鉴不远，保护“深喉”若能寄望于权力的“明智”和“理性”，这世上还会有那么多明目张胆的报复陷害事件发生吗？

说到底，唯有尽快造好那只名叫“举报人保护制度”的铁笼，才有可能关住“权力”这只疯狂的魔兽。根据《中华人民共和国宪法》第41条，举报权是公民的基本权利之一；而《刑事诉讼法》第84条、《刑法》第254条、《人民检察院组织法》第6条以及纪检、监察、公安、纪委等部门在各自出台的部门规章中都对举报人的保护作出了规定。条文不可谓不多，可众多规定中“竟无一个是男儿”——既没有明确平时“谁来贯彻、谁来操作”，也没有规定危急时刻谁来负责保护举报人和追究打击报复者。如此规定，岂能不沦为一则苍白的宣言、一个疲软的表态？

国外早已有成熟的举报人保护制度。而同是华人世界的香港，从廉署成立至今，30多年只发生过一次报复证人事件（被暗杀）。为此，廉署专门成立了证人保护机构，负责执行证人保护计划。对被列入证人保护计划的对象，廉署派出武装人员进行全天候保护，确保每名对象万无一失。目前，廉署收到的举报信超过70%属于实名，可见举报人对它的高度信任。倘若我们也能做到这一点，报料人还用得着如赴刑场、如临大敌吗？

是时候了，尽快细化法律、明确责任，将“举报人保护制”落到实处。而保护“深喉”，警方责无旁贷；哪怕只为自证清白，京渝警方也该尽力给朱瑞峰等证人撑起一方免于恐惧的天空。

（刊于2013年1月31日《浙江法制报》、《沧州晚报》等。见报题为《保护“深喉”不能只靠权力的自觉和“理性”》；《谁能给朱瑞峰“免于恐惧的自由”？》、《“朱瑞峰虚惊”背后的“深喉困境”》）

心灵走笔

（写给挚爱的孩子们）

» 快乐，不仅仅来自“名列前茅”

初春的凌晨，一个少年突然以百米冲刺的速度上街裸奔，他的母亲发疯般地拦车追赶，喊叫呼救。直到惊动了5辆警车、十多位民警以及好心的路人，才把一脸惊恐的少年送往医院。原来，他是南京某名牌中学的高中生，发病前成绩一直很好，却因承受不了学习压力而患上了抑郁症。

看完《现代快报》中这个报道，我的心忽然一阵悸痛，想起了两名初中生。一个是温婉勤奋的小千。她的成绩总是名列前茅，却老担心自己下一次就会考坏，直至患上严重的抑郁症，整天整夜在纸上书写“人生没意思”、“不想活了”。爸妈不得不为她办了休学，带她四处求医。另一个是活跃好动的小翔。他渴望领奖台上的鲜花和掌声，却又觉得背单词、做习题的生活太清苦，还是上网打游戏痛快，初三时终于得了躁狂症，认定自己已经“一夜成名”。两位原本健康聪明的同学就这样辍学了，剩下的同学，还有多少人处于心理亚健康的状态，在抱怨着自己的不快乐？成绩差的郁闷，因为觉得自己再怎么努力也考不了高分；

成绩好的也郁闷，因为生怕一不小心就从高分宝座上摔下来——我们这是怎么啦？难道，除了拿高分，就再也没有别的事值得我们开心了吗？

小时候听过两只骆驼的故事。沙漠驼队里有两只骆驼，一天，歇脚时，白骆驼瘫在地上失声痛哭。黄骆驼问：“你怎么啦？为何如此伤心？”白骆驼哭着说：“我过得好苦！每天只吃一把干草，却得驮两袋货物，还不知道什么时候才能走到尽头！看看天上那只小鸟，多么轻松自在！”黄骆驼笑了：“可我驮着五袋货物呢！主人把仅有的一捆干草留给你了，我只能自己寻找路边的刺棘充饥，瞧我的嘴角，全是被刺棘划破的口子。但比起伤病缠身的褐骆驼来，健康的我，无疑很幸福，你不觉得吗？至于天上那只小鸟，瞧，老鹰的铁爪正瞄准了它呢！因此，我不羡慕它！”是啊，看看广阔的世界，多少人承受着千百倍于我的烦恼，我又怎能抱怨，说自己就是世上最水深火热的那一个？

也许，这的确是一个以分数论英雄的时代，许多东西，我们无法改变、无法主宰。但正因如此，我们更应调整自己的视角，呵护一片晴朗的天空。抬起头，让目光越过眼前那堵墙，你会发现，世界如此之大，十步之外有风景，除了眼前那朵红艳艳的“分数”之花，世上还有数不清的姹紫嫣红，可以装点出七彩人生。

每晚临睡前，请闭上眼睛，回想一天的收获，然后惊喜地发现：哦！今天，我又读了一本好书，学会了五个新单词，在“知识”的领奖台上得了一分；今天，我和同学联手攻克了一道数学题，在“奋进”的赛场上迈了一步；今天，面对同桌的误解，我没有以牙还牙，而是诚恳解释、主动化解，在“宽容”和“与人为善”的琴弦上弹出了一个优美的音符；今天，我帮妈妈做了一顿饭，在“自立”的征途中拿了一块奖牌；……所有这一切，不都是自己积极进取的成就吗？尽管我未必摘到了那朵“期末测试总分前三名”的红花，可我浇开了许许多多的紫花、白花、黄花、蓝花，哪怕我栽下的只是一株青草，它也正在点亮这冬日的苍白，为明天的盛开积攒着力量。

孩子，人生的价值不在于你是否“名列前茅”，而在于你是否尽了力。一花一世界，一叶一天堂，成功，并非只有一个标准；快乐，并非只有一个来源。只要你努力学习、认真做事、真诚待人了，你就是最棒的一个，有充分的理由笑傲苍穹，开心每一天！

（刊于《演讲与口才》学生版2009年第5期，2009年10月6日《闽西日报》“校园内外”）

» 时间是最好的解药

又是一个令人心碎的轻生悲剧。1月6日晚，集美大学某学院一名学生从17楼坠亡。有人说，他有抑郁倾向，跳楼前便已表现出来；也有同学推测，可能是因为考试没考好，挂了6科，或者受了情伤。总之，目前已初步排除了他杀的可能。同学们纷纷叹息：“不管是什么原因，都太不值了！”（1月7日《厦门晚报》）

逝者已矣，再多的叹惋，他也不再听得到，再大的悲欢，他也不再能感知。可中年失爱子，新年蒙巨悲，让父母情何以堪！

逝者已矣，我不想说这孩子自私、缺乏责任感。因为，我接触过好些有类似困惑、大声嚷嚷“不想活了”或郁郁嘀咕“活着真没意思”的青少年孩子，我明白，对于一个沉陷于心灵困境中无力自救的人来说，“无私”、“责任”、“忍耐”、“克服”之类的字眼太过苍白，远难成为拨云见日、带他们飞向晴空的那味解药。

可挂科也好，情伤也罢，这世上，有什么比生命更重要呢？

有什么值得你如此狠心，置父母于伤恸的深渊中呢？诚如泉州网友Solo所言：成绩不理想，那就努力让它达标；女友不爱你，会有其他人爱你。人生那么长，要面对的挫折那么多，而生命只有一次。

是什么，让这些孩子被一时的困境所吞噬，忘记了以下这几条基本常识——

其一，人生最难，不过一死；连死都不怕了，还有什么难得倒你？17楼都敢跳，还有什么坎过不去？

其二，人的生命不仅仅属于自己一个人，许多时候，我们不仅仅为自己而活，还为了这个世上疼爱自己、在乎自己的那些人而活，如父母，如妻儿或恋人。如果你有勇气从17楼一跃而下，却没有勇气面对此刻面前那座名叫“失意”的高山，那么，你就必须有勇气“面对”父母痛彻肺腑、夜夜心碎的后半生。权衡一下，哪个更难面对？

其三，一己绝尘而去，得到解脱，却将身后最在乎你的人抛入炼狱，这不叫洒脱，不叫勇敢，这叫作残忍。是你那一瞬间的冲动，击碎了这世界上最疼你爱你之人的天空，置他们于万劫不复的深渊。唯如此，旧时民间才将半道夭亡、弃父母家人而去的孩子叫作“讨债的”，短短三个字，直白粗俗，却饱含着多少辛酸泪。唯如此，一些网友才会直截了当地评论说：每当看到这种自杀都非常愤怒，怒其不争，恨其自私！

其四，时间是最好的解药，“没有一个冬天不可逾越”，没有一次悲欢不会化作天边无足轻重的一抹浮云。有位作家曾写过自己学生时代的两座高峰：一是学习上的竞争对手，原以为这辈子都不如他了，但二十年后同学聚会，作者已经是小有名气的专栏作家，而对方除了抄几句唐诗做QQ签名，什么也写不出；另一个是同桌的女孩，原以为她是全世界最美最好的女孩，不知道没了她该怎么活下去，以致始终没有鼓足勇气向她表白。二十年后聚会，发现她不过是个俗不可耐、絮絮叨叨、臃肿庸常的中年妇女。曾经不可逾越的两座高峰，就这样被岁月夷为平地，他感叹：没有什么比时间更无情，也没有什么比时间更慈悲。唯有它，可以抹平一切忧喜悲欢，让最强大的路障风化为一粒微不足道的泥尘。

看看这些同龄人如何应对挂科，应对人生中的种种困境吧——他们一边见招拆招努力应对学业与生活，一边笑嘻嘻地说："我这次也考砸啦！我决定了，我也去跳楼，从一楼跳到十七楼！"另一同学立马接上："我支持你，不过跳之前记得要带上'降落伞'哦，我怕你跳出去的那一瞬间会后悔！"别以为这只是没心没肺、冷漠冷血；孩子，生命只有一次，为什么不学着用幽默的调侃和自嘲，来消解人生的一切沉重呢？

（刊于2013年1月29日《闽西日报》，题为《没有什么比生命更重要》）

» 别让“冲动”冲毁了我们人生的路基

不久前，山东某技工学校发生了一起惨剧。学生小强和王某在楼道相遇，发生争执，王某随即掏出随身携带的水果刀将小强残忍地捅死。双方互不相识，王某入学还不到48小时，整个过程只有短短30秒，被称为“30秒的噩梦”。

30秒，来不及沟通，来不及反省，来不及压住心中的怒火，一名男生就捅死了自己17岁的校友！小强正值花季的生命就这样戛然而止了，留下疼他爱他的亲人，为他痛不欲生；可王某又得到了什么呢？冲冠一怒、拔刀行凶之后，等待他的将是什么？他该如何面对那堵沉闷晦暗的高墙，如何面对双方悲痛欲绝的父母，如何面对那尚未开始就得诀别的幸福人生？甚至，如何面对杀人偿命的无情现实？

我不禁想起以前旁听庭审时亲眼见过的一幕。那个不到20岁的杀人嫌犯在被告席上不停地痛哭，对自己的冲动追悔莫及，对被害人的父母长跪不起：“我悔恨当初为什么不能够理智点、清醒点，我悔恨当初为何失去人性！我对不起他，对不起你们，也对不起我的父母……如果人生可以重来，我一定要控制住心中的魔鬼……”可是，人生还能重来吗？世上哪有后悔药？“小不忍”成了大祸害，一时的失控，竟让两个生命坠入无底的黑洞，让两个原本宁静祥和的家庭轰然坍塌——冲动的代价，何其沉重！

许多先行者从自己的切身体验中认识到：“冲动”是“悔恨”的近亲，是一个能让人的智商迅速降到零、能把人引向悬崖、引向地狱的魔鬼。正因为冲动所带来的后果是我们“不能承受之重”，古往今来，才会有那么多格言警句，不厌其烦地告诫我们这些后来人：“忍三分风平浪静，退一步海阔天空”；“忍得一时之气，可保百年之身”；……这是无数痛苦、愧悔甚至血泪凝结而成的智慧和经验的结晶啊！

冲动是如此可怕，但它绝不是不可驾驭、不可战胜的，我们完全不必对它俯首称臣。科学家告诉我们，“冲动”其实只是人类情绪的一种应激反应，无论多么强烈的愤怒、暴躁和冲动，其实都不会持续太久，关键在于最初那几分钟甚至几秒钟，你是否能保持清醒、不被它牵着鼻子走。著名民族英雄林则徐将“制怒”二字作为自己的座右铭，身体力行，努力克制，十分注意缓冲自己的情绪，最终修炼成一代名臣。另一位哲人则提出“计数缓冲法”，建议人们在生气时首先提醒自己：当务之急不是爆发、不是泄愤，而是忍耐，在心里从一数到十，之后再开口说话；如果怒不可遏，再数到一百，这样就可以避过暴躁情绪的锋芒，减轻它带来的破坏。在日常生活中，我们也常常有过类似的体验：当遇到一件极不顺心的事时，起初气得咬牙切齿，可时过境迁，回头再想，多半早已心平气和，而且还会为自己当时的冲动感到可笑。是啊，再剧烈的暴风骤雨，也终归会云淡风轻；再壮观的熊熊烈焰，也终究要灰飞烟灭。一切都会过去，有什么是解不开的结？只要我们遇事三思而后行，戒急躁、多克制，刹那的愤怒和冲动自然就会偃旗息鼓，再也无法肆虐。既然明白这个道理，我们为何不能主动避免，为何一定要撞坏南墙才回头？

也许有人会说，冲天一怒为的是尊严。可是，真正的尊严藏在灵魂深处，它从来就不在拳脚之间。《水浒》中的李逵，好勇斗狠，一出手就能夺人性命，可一百零八将只敬重武功平平的宋江，没听说谁愿拜倒在李逵脚下——包括他自己。由此足证：早在八九百年前人们就已明白，靠尖牙利爪论英雄的时代已一去不复返；唯有善于用理性来解决问题，靠综合实力来赢取尊重，这样的人，才可能享有真正的尊严。

当你冲动，当你气愤，当你怒不可遏时，请记住：只有懦夫才被自己的情绪牵着鼻子走；真正的智者和勇者，一定会设法驾驭“情绪”这匹野马，经受住“冲动”的考验，不让一时的愤怒泛滥成灾，不让它成为脱缰的野马，不让它成为暴涨的洪水，冲毁我们前进的路基。让我们都学会做自己情绪的主人，而不是情绪的奴隶！

（《演讲与口才》学生版2009年第7期）

» 孩子，做英雄是有前提的

儿童节又到了。我喜欢孩子，那些奶声奶气的天籁之音，那些粉嘟嘟的甜甜笑靥，常令我忍不住微笑注视，情不自禁地想亲一亲。说他们是照亮世界的天使，毫不为过。多么希望天下每一个孩子都能健康快乐，平安成长。可这世界总是危机四伏。危机来自自然，来自社会，还来自一些似是而非的豪言壮语，以种种崇高的名义，将稚弱无力的孩子们置于险境。例如，“英雄”二字。

有多少孩子曾做过英雄之梦？一位孩子前些天还告诉我，睡前闭上眼睛，他想象着自己就是孙悟空，就是哪吒，扶危济困、惩恶扬善，好不惬意。是啊，想做英雄，无疑是伟大而美好的情怀；可是且慢，在鼓励孩子们做英雄之前，有多少人会先问问他们：你练就悟空哪吒或者大侠们的功夫了吗？

先来看一则不久前的报道。2011年4月26日，安徽六安，1名六年级男生不慎落水，其他4个同学立即施救，无奈力气不够，都被冲进深水区，幸亏岸上另4名男生竭力将他们救起来。可4个孩子刚被救起，又手拉手返回深水区去救第一个落水的孩子，结果5人均溺水而亡（中国日报网）。那是怎样一幅人间惨剧——衣服鞋子散落一地，爸爸妈妈抱着衣服痛不欲生，白发苍苍的爷爷奶奶在河边呼天抢地，有的家长一下子瘫倒在孩子的遗体前，哭喊声很快就沙哑了。想想今后五个家庭、十几二十个大人都将在痛苦的追忆中度日如年，你，还有心情去品赏记者笔下那些激动人心的英雄主义礼赞吗？

而今天，我更想和孩子们重温的，不是这则报道，也不是报道中对溺水孩子的种种煽情歌颂，而是一则广为流传的《英国儿童十大宣言》。宣言中，英国人这样告诉孩子：1. 平安成长比成功更重要；2. 背心、裤衩覆盖的地方不许别人摸；3. 生命第一，财产第二；4. 小秘密要告诉妈妈（以免被坏人利用和要挟）；5. 不喝陌生人的饮料，不吃陌生人的糖果；6. 不与陌生人说话；7. 遇到危险可以打破玻璃，破坏家具；8. 遇到危险可以自己先跑；9. 不保守坏人的秘密；10. 坏人可以骗。

很显然，这十大宣言都指向一点，那就是儿童的生命安全。它明确地告诉孩子，在涉及生命安全的关键时刻，可以拒绝、可以撒谎、可以骗人、可以不守诺、可以砸东西、可以夺路而逃、可以不讲礼貌……对孩子而言，生命安全永远是第一位的，一切空泛的概念，都得为此让路。这，难道不值得我们深思吗？

一个是儿童的生命安全重于一切，一个是在未作足够的安全提醒之前连篇累牍地鼓励弱小的孩子去不自量力地慷慨赴死做英雄——两种态度，哪一种才是真正的爱护？只要心智健全，只要对生命有足够的悲悯，对世事有基本的理性，应当不难作出自己的判断。

而我只想说，孩子，做英雄是有前提的，那就是，你得有足够的力量。在确保自身安全的基础上还有余力，才谈得上去救助他人。套用“穷则独善其身，达则兼济天下”这句古话，第一，能力不足时，你的任务就是努力保全自己；第二，努力锤炼自己，让自己将来有足够的能力去帮助弱者；第三，如果情况危急而又力不从心的话，要开动脑筋，尽可能设法“见义智为”、“见义巧为”。例如，让一部分人守在岸边，另一部分人赶紧设法报警或向大人求救。至于我们这些成人，最重要的是吸取教训，避免类似悲剧重演，而不是将血淋淋的悲剧改编成可歌可泣的英雄史诗，去误导更多孩子今后的选择。

孩子，请记住：你首先需要守护的，是自己的生命安全。至于做英雄，就等你长大有了足够的力气之后，或者在力所能及的范围内，再去践行这份伟大而美好的情怀吧！

（刊于2011年6月1日《闽西日报》，2011年6月7日《杂文报》“校园”版）

» 除了见义勇为，还有“见义巧为”

2009年秋，读者李先生致电《北京晨报》，感谢57路公交车售票员，并为自己冤枉了她而道歉。事情源于数日前，李先生乘车遭到该售票员“刁难”，硬说他没刷够应付的金额，使他在众目睽睽之下“被迫”重复刷卡以证清白。事后才发现自己的背包已被拉开，好在没丢东西。他这才明白，原来售票员是在巧妙提醒自己、吓走窃贼。（事见新华网）媒体还公布了一系列“公交车防贼暗语”，诸如：“您付钱了吗？”“请重新刷卡！”“请您把包往里拿一拿”，等等。

不得不承认，无论我们多么不情愿，“见义勇为”正在成为稀缺资源和“弱势道德”。越来越多人信奉“多一事不如少一事”，目睹盗窃时选择沉默而不是喝止，看见抢劫时悄然远离而不是挺身而出；甚至看见有人受伤昏迷、危在旦夕，人们出手救助之前也有了更多的顾虑。

“正不压邪”不仅仅是法治和道德的尴尬，更源于多方面的现实困境。人们最经常提到的就是相关保障机制的严重缺位。在这一语境下，一味号召人们迎刃而上，未免不近情理。而一个个“英雄流血又流泪”的负面案例，更使“舍己救人”四字难以推广、难以持久。可在激励保障机制尚未形成之前，我们是否就只能束手待毙，无所作为了呢？一方面，谁也不愿让自己和家人生活在一个孤立无援的冰冷世界；另一方面，谁也不愿因见义勇为而陷入窘境。如何破解这一“两难”困局？57路公交车的“防贼暗语”，为我们提供了一个有益的启示，这就是“见义巧为”，或谓“见义智为”。

看见有人溺水，除了跳下去营救，还可以在岸上呼救或报警；看见窃贼闯入邻居家，除了冲上去揪住，还可以虚张声势和并不在家的邻居“对话”而吓跑窃贼；看见老太太跌倒，除了像南京彭宇那样直接上前搀扶而惹上官司，还可以像另一位市民那样在众多证人见证之下出手施救；……化用龙应台的一段话，那就是：“我并不要求你去做烈士——烈士是傻瓜做的。看见那人拿着铁棒来了，夹起尾巴跑吧！我只是希望你不要迷信‘逆来顺受’；我只是谦卑地希望你每天去做一点‘微不足道’的事，一点一滴去促成自己得以生活在一个文明的社会里。”作家胡平说得好：面对邪恶，如果你觉得挺身而出的风险超过了你的承受能力，那也不意味着你只有选择沉默。担不起一百斤可以担八十斤、担六十斤，哪怕只担十斤二十斤。例如，向见义勇为者表达敬意，哪怕只是在私下表达，让他们知道他们决不孤立，也是尽了一份努力。

幸福不会从天而降。你不奋力铲除，荆棘就依然疯长；你不栽植灌溉，玫瑰就不会盛开。如果你住在中国，如果你还没有移民异域，如果你觉得你的父母将埋葬于此，你的子女将生长于此，而你不愿坐视他们浸润于一个高风险环境中，那么，请不要以为在邪恶面前我们只能忍受。“见义巧为”、“见义智为”的好处就在于，我们每个人可以根据自己的情况选择合适的努力方式，让我们各尽所能。

在有限的条件下，多一些“见义巧为”、“见义智为”，助人而不伤筋动骨，是否也可算是在“见义勇为”和“见死不救”之间开辟的“第三条道路”呢？

（刊于2010年3月15日《闽西日报》“法制园地”）

» 普及常识，从少儿读物做起

正上小学的儿子带回最新一期少儿杂志，让我看一篇文史普及读物——《历史因一人而改变》，写的是古代马其顿国王亚历山大的功绩，字里行间极尽推崇。“庸才追随历史，天才改变世界！”“他的一生，不是为了赶超前人，而是为了让后人无法超越他。”如此种种，让正陶醉于英雄主义和尚武情结中的孩子无比神往。

的确，在这个娱乐至上的时代，能将少儿视线从网络游戏和武侠搞笑片中转移到文史园地来，无疑是一件好事。然而文中一些论断让我心惊：中国历史上唯一可以和亚历山大比肩的，是秦始皇。理由是：论武“功”，秦皇远逊于亚历山大，“但是，亚历山大有一点绝对败给了秦始皇——思想的统一。正是由于思想的统一，中国不再是一个松散的联邦，而变成一个极具向心力的整体，且在一千多年时间内都是世界上最强大的帝国。”

我不禁疑惑：这里传递给孩子的，将是怎样一种价值体系？首先，将万马齐喑的“思想统一”作为伟大功绩，却不问它到底是促进还是阻碍了中国的发展，是夯实还是掏空了“诺奖后备军”的土壤；其次，用攻占了多少疆土、征服了多少民族作为“伟大”与否的标准，全不提为此屠戮了多少血肉之躯。这样的历史视野，显然与现代主流文明背道而驰。试问，对于辗转挣扎在军事天才的铁蹄和雄主们的铁腕钳制之下的千万百姓，论者是视而不见，还是确实觉得他们分量太轻不值一提？而最可忧虑的是，这样的历史观、人文观，在孩子们的读物中俯拾皆是。

诚然，今天已是一个多元时代，允许多维视角、不同观点，但种种价值观之间总应该还有一条底线，那就是“以人为本”，以历史长河中每一个鲜活生命的悲喜苦乐为准绳。由是观之，何谓“伟大”？窃以为，其标准不是多打了几场胜仗、多统治了一些人，而是切切实实地增进了每一个无名小卒的福祉，由此赢得超越国家和民族的普遍尊敬，才可当得起这两个字，如华盛顿。而一个领袖，如果只有从被自己蒙上了眼睛、卡住了喉咙、“统一”了思想的子民身上才能获得胆战心惊的膜拜，一旦民众睁开眼睛，其形象立即土崩瓦解，这样的“伟大”何尝不是投射在他个人“功业”之碑上的耻辱。

至于亚历山大，他除了是一个军事天才，还是一个睿智的独立思考者、细心的观察者、谦逊的学生、开明的领袖、不屈不挠的进取者，所有这些特质，都比杀伐“武功”和“统一思想”更值得推崇，也更值得让孩子们去传承。此外更需思考的是：同样是在帝国的一次次治乱兴衰中繁衍，亚历山大及其子孙最终让现代人文精神破土而出，结出了民主、自由、文明、富强之花，而我们却至今还自觉不自觉地匍匐在暴君的功德碑下，以此观之，“绝对败给了秦始皇”的，到底是亚历山大，还是我们?

囿于种种限制，我们可以不奢望能即刻让孩子们“喝”上什么“优质奶”，但至少别再喂食这等“陈年腐乳”。如此，未来才有希望，精神沙漠及大面积人文缺失的状态才能逐渐得到改良。可如今看来，普及人文常识，恐怕首先得从少儿读物做起。

（刊于2009年12月18日《闽西日报》“校园内外”）

» 我们需要怎样的“背景”？

“你是不是有什么背景，不怕打击？”春节前，有网友在杂文选刊网站“杂文家推荐”栏目留言问我。读罢莞尔，心想，等我忙完岁末年初和面、扫屋、走亲访友、大吃大喝之类的琐事，再上来好好答题。至今才作答，不知那位匿名朋友见怪否。

是啊，我有什么背景？我“不怕打击”吗？……可是，问题是，谁会打击我呢？这样一个与人为善、与世无争、勤勉做事、以诚待人的寻常角色，有什么值得打击之处，就因为偶尔写一两篇杂文，记录一些真诚的思考吗？——不，不可能的。这世界，真的没那么可怕。我坚信，人心终究还是向往友善、向往温暖的，如有可能，没多少人愿意生活在互相疑忌互相算计的“互害社会”，所以，大公无私者虽罕有，老琢磨着打击别人的也不会很多。只要你没像方舟子那样指名道姓逮住唐总裁的金字招牌猛砸，或者像某霞的老公那样正儿八经弄出一篇撼人宝座的纲领，就凭咱这般不痛不痒的几篇千字文，委实不足以勾起人家挥舞杀威棒的兴趣。此其一。其二，更重要的是，有那么多敢做敢言、无所畏惧的勇士冲锋在前，人家哪还腾得出手来惦记咱呢？在这些生猛勇烈之士的映衬下，我们这些瞻前顾后的旁观者和思考者，显得多么温和低调又安全，每念及此，怎不令我心怀感激。

但毋庸讳言，在一个并不那么宽松恣肆的环境里，诚如一位杂文界长者所言：生存是需要智慧的。这位老师另有数语也令人警醒：“我喜欢学问家的小品，尤其是说话技巧高明者，往往绵里藏针，点到为止”；真正的好作者，固然难免为精彩句段被删削而抱憾，“可是从另一角度看，作者自己也是有责任的。要想想，同样的事情和道理，为什么别人说得你说不得？这就是说话的技巧了”。

要考虑的，不仅是对方的忍受度，还有自己的承受能力。面对邪恶和不公，如果你有话想说，却又觉得挺身而出的风险超过了你的承受能力，那也不意味着你只有选择沉默。有人说得好：“能挑千斤重，决不只挑九百九；只能挑千斤，决不硬挑一千一。”担不起一百斤可以担八十斤、六十斤，哪怕只担十斤、二十斤。事实上，修复一个千疮百孔的社会躯体，不仅仅需要抛头颅洒热血的牺牲，更需要的是每个细胞各尽所能，是每个公民都在力所能及的范围内负起自己的那份责任。

看见猛虎要吃人，强健如武松的，可以挥拳直击；嗓门洪亮的，可以高喊：“快逃啊，老虎来啦！”发出预警，可以高喊：“老虎要吃人，快射麻醉弹！”通知能人；眼睛尖的，可以迅速看好撤退路线，指引大家逃离；即使什么也未能做，只要虎口余生，还可以坚持传播真相，让大家明白“老虎会吃人”、“老虎吃了人”，以戳穿虎大王关于老虎爱念佛、只吃素的谎言。或许有人会问：“虎大王时刻监管着不许我说话怎么办？”兄弟，那也不等于无可作为啊，你还可以给小白兔一把青草、给小绵羊一个拥抱，让它感受到一点人间温暖，不是吗？

一语概之，量力而行，不强做英雄，但也不放弃自己的底线：倘若无力除恶，那就尽可能默默行善；倘若无法行善，起码自己不作恶，至少是不主动作恶；即使被胁迫着必须作恶以自保，也请“把枪口抬高一厘米”，你有权“打不中”那个可怜的目标。如此，仍不失其“人”之为人的基本操守。

如果说写几篇小杂文也必须有什么“背景”，那么，以上信念，便是我的背景。虽不能至，心向往之，愿与感兴趣的朋友共勉。

（刊于2012年3月2日《湘声报》“读书·沧桑”；《杂文选刊》上旬版2012年第4期转载）

代后记

代后记

» 在这“书满为患”的大时代

毋庸讳言，于写作者而言，这是一个最好的时代，也是一个最坏的时代。说它是最好的时代，是因为，通信的发达，信息传播的便捷，使写作效率大幅提高，获取信息、查找资料、写稿投稿都进入了一日千里、一键可得的快车道。与此同时，即使身处僻壤，也有机会与世界各地的同道乃至名家及时交流，知道自己并不孤单；即使防火墙密布，也总有一条路径，可以让你读到想读的书籍。因此，“著书立说”的门槛大大降低。说它是一个最坏的时代，是因为，网络普及使人人都有麦克风、人人都是自媒体，君不见思想文化市场上产品空前丰富，阅读物、出版物严重供大于求且随手可得，“书满为患”绝非夸大其词。此背景下，有多少人，还会坚持读书，尤其是读一本并不像快餐那样可以囫囵吞枣的书呢?

是的，我看见，许多报刊，包括相当优秀的报刊，正在无奈地消逝；另外一些报刊，虽然看起来还“活着”，实则“虽生犹死”，一到订户家里就进了冷宫或入了废纸篓。我看见，人们把几乎所有余暇都用于微信、微博等社交媒体，或者影视、游戏等娱乐网页，就连家庭聚会都在人手一机齐做“低头族”。此背景下，除了奇幻、言情、官场、宫闱秘闻等“吸睛指数”高的作品还在苟延残喘之外，其他诸如思想类、哲学类的文字，究竟还有多少人读得进去?

古时书生一心考取功名，挑灯夜读冷落了佳人，后者往往哀叹：我愿化为郎君手中那本书，日日被你捧在手。如今，最新的段子正在迅速流行并迅速过时，如流星般划过读者心尖，留下只能存活几秒的记忆：如果有来生，我不做你的红颜，不做你的知己，不做你的爱人，不做你的任何人，我做你的手机。你会每天把我捧在手里，贴在脸上，放在唇边。我知道你的一切，了解你的所有，如果有一天你匆忙间把我忘在哪里了，你会着急得四处寻找。不是我黏着你，而是你离不开我！睡前最后一眼是我，醒来第一眼还是我……

君记否，从前，书也曾享受过这等待遇的。可是，这年头，你以为还会有谁，如同痴迷手机一样痴迷于某本非娱乐类的书籍吗？更何况，即使你成了人类的手机，不也只能陪他（她）走一程，至多一二年，迅速被更新换代，捐弃无人顾？“书痴”已成珍稀濒危动物；除了少儿读物，掏钱买书的人已如凤毛麟角；在“无人读书”的时代写作是一件奢侈的事——这是所有写作者都必须正视的现实。

那么，现在，我为什么还坚持写作，并且将2008年以来散见于国内外各报刊的文字挑出一部分结集成书呢？是希望它能成为一卷录音带，记录下我生命的音符、灵魂的片段吗？抑或，仅仅是无颜面对好友的敦促，以此书交作业？又或者，就像建立一份心灵相册一样，幻想着将来，百年之后，我的儿孙倘若突然想起这个先人，可以抚书而言：这是我奶奶（或太奶奶）写的书，她曾经在一个众声喧哗、阅读式微的大数据时代努力坚持着发出自己的一点声音？再者，只不过是无法忘却当年只有“一个声音、一种思想”一统天下的“匮乏之苦”，想为这个浩瀚无垠的“思想超市”多提供一份可供“货比三家”的选项……

无论如何，我们不会再有“文章济世”的天真幻想了。只不过，既然上天赐我尘世一游；既然观察未停止、思考未停止；既然偶有所思所感，不忍就这样任其散佚湮灭。相信，独立思考的东西，总不会毫无参考价值；“思想超市”里的产品丰富一分，总胜过单调一点。倘能给他人以那么一星半点的共鸣和启迪，也就不算白写了。

写给有缘读到此书的人。